给你的成长

加 点 智 慧

主编：崔钟雷

吉林出版集团 吉林美术出版社 | 全国百佳图书出版单位

前　言

　　漫步在久逝的记忆长廊中，踟蹰间，年幼的懵懂、青春的舞动、未来的憧憬，如一缕清风拂面而过，似一丝细雨滋润心田。生活中，花香、雨露令我们沉醉，彷徨、追求令我们回味不已。时而无奈，时而烦恼，时而追问：

　　为什么有人成功、有人失败？

　　为什么有人一生幸运相伴、有的人逆境重重？

　　为什么有人一生快乐自在、有的人烦恼不断？

　　……

　　生活的季节五彩斑斓、生活的味道酸甜苦辣、生活中的感动无处不在、生活中的故事数不胜数。书里描绘着生活中的风风雨雨，记载着大地上的春华秋实，沐浴在书的阳光下、品味书中的哲理、汲取书中的精华，徜徉其中，其乐无穷！

　　杰出的近代诗人臧克家说："读过一本好书，像交了一个益友。"为了让孩子们结交更多的益友，我们精心选编了这套《小学生成长加油站》。书中细心甄选了一系列有关智慧、自信、快乐、坚毅的故事，我们又在原故事的基础上以小道理的形式对故事加以多角度、多层面的阐释，使故事得到最大程度的升华。故事中，在那些平凡人的身上也埋藏着理想的种子，他们用自己的奋斗和汗水浇灌着种子，让它发芽、开花、结果。而我们也同样胸怀着灿烂的梦想，只要我们为之努力拼搏，也一样会收获属于自己的梦想之花。

　　希望小朋友们能从他人的经历中淬炼经验，从他人的感悟中体味生活，在读的过程中有所精进，在悟的过程中有所收获。

Contents
目录

智慧由尺度

Contents
目录

求人胜于求己

每一步都是人生

Contents
目录

Contents
目录

一杯水的转机

智慧的尺度

"阳光"与"闪电"

李丰池

10 年前，有一对从山里走出来的兄弟，他们住在同一座城市，以各自的方式追求着成功。

10 年里，老大做了很多轰轰烈烈的大事——在"全民倒爷"的狂热岁月里倒卖水果，得到头一桶金；在股市风云中倾囊入市，暴起暴落损金大半；在房地产泡沫时代炒作地皮，重振旗鼓；在"跑步进入网络经济"的狂潮中，投资电子商务网站，全部家当又化为云烟……于是这座城市曾经最亮的一颗星星，很快就被人们扫进了记忆的角落。

和老大相比，老二的成长显得平淡无奇——去药材市场打工并自考药剂专业；去医药公司干销售；在保健品公司当地区代理；拥有自己的医药公司和药厂。10 年光阴，他痛苦而执著地积累着自己"从小草成长为大树的基因"。他的企业终于冉冉升起，并凭借电子商务和资本运作走出国门。

几年前这座城市开办电视栏目《财富聚焦》，老大和老二曾先后被选为访谈对象，而且两人回答过同一个问题。当被问及记忆中哪一部电影对个人一生影响最大时，老大的回答是《列宁在十月》：布尔什维克党人用卡车拉一车长枪到街上四处散发，然后人们便浩浩荡荡地去攻打冬宫。尽管连长不认识排长，排长不认识班长，但只要时机降临，便能一战而胜。老二的回答是《拿破仑大帝》：只有当帝国军

队行军的速度都变成了130步/分钟，远远超过其他欧洲军队的70步/分钟时，拿破仑才能横扫欧洲——这是一种长期的战争经验和体能训练的结果。

由此得出的结论——

一个成功者和一个失败者的差别，不是欲望的不同，而是实现欲望的方式不同。

不是机会的不同，而是对待机会的心态不同。

不是生命的能量不同，而是一个化作了"阳光"，持久而温煦地改变着万物；一个化作了"闪电"，瞬间照亮世界却又迅速复归黑暗的不同。

智慧博客

机遇与欲望有如人生棋局中一步闪烁着星光的妙棋，总能带给人们成功。但是，并不是每一招妙棋都能最后赢得棋局，在棋局中还要懂得稳扎稳打、步步为营，切不能急功近利，只有心思缜密、踏踏实实地走好每一步才能不使那一步妙棋暗淡了光辉。

百科探秘

鞋油是一种用以擦亮、修复皮鞋或皮靴，并加强其防水能力的产品，能够延长鞋类的寿命。鞋油涂在皮鞋的表面之后，溶剂挥发，会在鞋的表面留下一层薄的蜡膜，可达到防水、防虫、光亮和保护皮革、增进美观的效果。

向前的狼和狗

李星涛

　　在塔克拉玛干沙漠边缘的乌枚别里地区，生活着一种极其强悍凶猛的鹰。这种鹰专门以狼为猎取对象，因此被称为"食狼鹰"。它们动作迅捷，一旦在高空锁定目标后，就箭一般地俯冲下来，用一只钢钩似的利爪抓住狼的后腰。狼感到了疼痛，条件反射般地回头，欲与鹰相搏。这时，食狼鹰就会迅速地用另一只利爪，准确地插进狼的双眼，生生直刺入狼的颅腔，使其当场毙命。

　　一天，一只食狼鹰以迅雷不及掩耳之势从后面抓住了一只狼的后腰。这只狼虽然感到了刺骨的疼痛，但它并没有像其他狼一样回头与鹰相搏。它强忍着巨大的疼痛，向前面的一片灌木丛林中狂奔而去。食狼鹰始料不及，它没能及时抽出自己的利爪，因而被硬如铁条的灌木枝撕成了碎片。

　　这只向前奔跑的狼，让我想起了一个杀狗人给我讲起的一件事。他说，过去杀狗，是先用绳打个活扣，由狗的主人悄悄地将扣子套进狗脖子里，然

后再将绳头交给杀狗人。狗一旦发现被人套住了脖子，马上就会向后拼命地挣扎。它越向后挣，扣子就会越紧。杀狗人拉着后挣的狗，将绳往附近一棵树的横枝上一扔，再迅速一拉，狗就被吊挂起来，任人宰杀了。可那一天，他去捕杀一条狗时却发生了意想不到的事。那只大青狗被套上脖子后，只往后稍微挣了两下，便不再向后挣了。他刚想往树上扔绳，那狗却像一阵狂风，缘着绳子跳着扑过来。还未来得及看清是怎么回事，他的手臂上就已经像被钢针扎了一样疼起来。他赶紧扔了绳，逃进屋里关了房门。从此，他再也不敢干这种营生了。

那只沙漠中的狼和被套上绳扣的狗，能在变化了的形势下，及时遏止住了自己习惯性的动作。在生死关头，一个忍痛向前，一个缘绳跳跃，这需要多大的智慧和勇气！

 智慧博客

习惯伴人一生，在危机时刻人总是不由自主地按照习惯去做，但是，安逸的习惯在人陷入危机时总是让人陷入更危险的境地。而克服自己的习惯思维，在危机中冷静思考才能助人迅速摆脱困境，将损失降到最低。

影响光辉的是灯里油

沈 湘 编译

刚参加工作不久的徒弟，满腹委屈地回到师傅身边。徒弟抱怨道："那里的人什么都不懂，您说，整天跟一群什么都不懂的人在一起，这让我怎么工作呀？"师傅没有说话，只是默默地将徒弟带到了一间屋子里，因为四周都被厚厚的布帘遮住，所以屋子里一片漆黑。

师傅打开一盏灯，屋子里突然变得明亮起来。师傅问："你能找到这盏灯的光辉吗？"徒弟觉得奇怪，反问道："这满屋子不都是这盏灯的光辉吗？"师傅接连又打开了三盏灯，屋子里顿时变得更为明亮。师傅望着站在屋子里发愣的徒弟说："你现在还能找到第一盏灯的光辉吗？"徒弟这下傻眼了。一间屋子里同时亮了四盏灯，还真是难以分辨出哪些光辉是哪盏灯发出来的。

师傅说："你现在所在的公司，都是一些不懂业务的人，只要你干出了成绩，功劳就全都属于你，这

难道不好吗？"徒弟听完高高兴兴地去了。

一年后，徒弟又满腹委屈地回到了师傅身边，抱怨道："本来我在那里干得好好的，没想到一下子又招来了三个和我能力相仿的人，这不是明摆着不信任我吗？"师傅没说话，又默默地将徒弟带到了那间屋子里。

师傅这次同时开了四盏灯后，又关掉了一盏灯，问徒弟："是刚才亮些，还是现在亮些？"徒弟不解其意，没有吭声。师傅又关掉了一盏灯，问："是刚才亮些，还是现在亮些？"徒弟这下看清楚了，说："刚才开着的灯多，当然是刚才亮些。"师傅接着又关掉了一盏灯，这时只剩下一盏灯了，屋子里顿时暗了不少。

师傅说："公司里不管有多少能人，都影响不了你的成绩，因为少了一盏灯，就会少一些光辉！"徒弟觉得师傅的话有道理，可又总觉得哪里不对劲。突然，他想起来了，说："公司里只有我一个能人的时候，你也是在这个屋子里开这几盏灯来教育我；当公司里有好几个跟我同等能力的人时，您也是在这个屋子里开这几盏灯来教育我，难道不管是开几盏灯，道理都是一样的吗？"

师傅说："在这个世界上，每个人都是一盏灯，一盏灯不会影响到另一盏灯的光辉，真正影响灯的光辉的是灯里的油，只有坚持不懈、努力加油，灯才会长亮不灭！同样的道理，不管你身边的能人多还是少，你只要还在不断学习，努力工作，就会发出自己的光！"

 智慧博客

　　要想成为百花齐放中独傲枝头的那一枝花儿，就要在成长中充分地吸收阳光和雨露，滋润自己的身体，只有这样才不会被百花的色彩遮掩了自己的娇艳，最终释放出自己的光彩。

 百科探秘

　　鱼儿在清澈的水里游动，人们可以看得很清楚。然而，沿着你看见鱼的方向去叉它是叉不到的。人从上面看水、玻璃等透明介质中的物体，会感到物体的位置比实际位置高一些，这些都是由光的折射引起的。

烛光下的先知

王溢嘉

夜晚，异乡人来到先知的住处。门开着，一盏煤油灯放在门边的桌子上，无数飞蛾绕着煤油灯的亮光飞舞，却没有人。

异乡人疑惑着走进房间。

慢慢地适应屋内的阴暗后，异乡人才发现在房间深处的一个角落，还有一张小桌子，桌上点着一根蜡烛。先知就坐在小桌子前，借着烛光看书。

异乡人走过去，向先知致意，不解地问道："先知啊，这个烛光比起煤油灯的灯光黯淡许多，您为什么不在煤油灯光下看书，反而在这里看书呢？"

先知抬起头，微笑着说："那盏较亮的煤油灯是我为了引走飞蛾而设的，这样我才能安静地在这里看书，不受干扰啊！

智慧博客

在众人面前展现自己的才华固然是让众人认识自己能力、承认自己能力的绝佳办法，但是，若想在成功之路上行得更远，获得更多的认可，就要懂得在适当的时间遮掩自己的光彩，不要总是让自己的光彩黯淡了他人。

百科探秘

光的反射现象是指光射到物体表面时传播方向发生改变的现象。凹凸不平的表面会把光线向着四面八方反射，这种反射就是漫反射。

一个孤独者的赛跑

子 尤

这个人已经跑了许多年了。最初有很多人和他一起跑，大多数人都倒在了地上，渐渐消失；也有不少人跑得速度很快，将他撇在了后面。

可他仍然在跑，从来没有停过，长长的土路上留下了他斜斜的身影，他坚持奔跑的唯一理由就是——还有很多人在他身后，还有很多人没有赶上他。

他的信念很简单，在他前面有许多可以让自己满足的虚荣礼物，在他前头的人跑到哪里，他就跟到哪里。总之，他不能被前头的人丢下，那样会被人耻笑的。

他已经得到了许多让自己骄傲的礼物，很多路人为此投来羡慕的目光。于是，在长长的土路上又有了更多斜斜的影子，而他也有了不少竞争者。

有许多的牌子可以帮助他，让他知道那些奔跑在他前面的人已经到了哪里。当他刚刚到了一个地方，得到了精美的礼品时，又得赶快接着奔跑，没有一丝喘息的时间。

然而，有一天，他找不着牌子了。在他的周围，是一望无边的沙漠。他开始恐慌和空虚，他已经很久没有停歇的时候了。

这时来了一个乞丐，那是一个很老很老的乞丐。当乞丐从他身边经过的时候，他感受到了乞丐的智慧，于是叫住了他。

"请问，你看见一群人了没有？"

"他们什么样？"

"他们在奔跑。"

"为什么你要寻找他们？"

"他们一直在不同的地方寻找着什么很好的东西，我也想得到它，所以一直跟随着他们。"

"哈哈！真可爱！你就在这里等他们吧！"

"为什么？"

"有朝一日，他们会到这里来寻找好东西的。

智慧博客

　　远方的物质、名利和虚荣，散发出迷人的光环，引人去追逐。在无尽的追逐中，人们渐渐迷失自己，虚无的事物遮住了发现真实的双眼。放慢脚步休息一下，你会发现那些追逐的光环是那么的虚伪，其实真正的光环不在远方而在身边、不在未来而在现在！

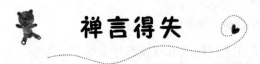

禅言得失

闲云居士

有一个年轻人，多才多艺，但真正的学业却一直没有太大的长进。于是，他去请求一位禅师为他指点迷津。

这位禅师见到他后，并没有说什么，只是先请他大吃一顿。禅师吩咐人在桌子上摆满了上百种不同花样的斋饭，大多数是这个年轻人未曾见过的。开始用斋时，年轻人挥动筷子，想要尝尽每一道菜。当用饭结束后，他吃得非常饱。

禅师于是问："你吃的都是些什么味道？"

他摸了摸肚子，很为难地说："百种滋味，已难以分辨，只有撑胀。"

禅师又问:"那你是否舒服、满足?"

他答道:"很痛苦。"

禅师笑了笑,亦是没有任何言语。

次日,禅师邀他一同登山。当他们爬到半山腰时,那里有许多稀奇的小石头。年轻人很是庆幸,于是边走边把喜欢的石头放入口袋中。很快袋子便装得满满的,他已经背负不动,但又舍不得丢掉那些石头。

此时禅师猛然呵道:"该放下了,如此又怎么能登到山顶?"年轻人望着那未曾到过的山的顶端,顿时彻悟,立即抛下袋子,轻盈地登向山峰。

 智慧博客

> 要想成为多才多艺、样样精通的智者,要想在漫漫学海中到达成功的彼岸,就要专注于一条航线,不被其他的导航灯所迷惑,乘风破浪,飞跃暗礁,有朝一日,方能脚踏成功之岸。

 百科探秘

爱因斯坦的广义相对论把时空看成是扭曲的,并以新的规律来约束光和物质的运动,此时引力就成为了一种时空弯曲的效应。在这种情况下,行星在引力作用下绕恒星运转成为了沿着时空测地线的自由运动,即不受力的惯性运动。

农民怎样变成商人

朱宗成

在一个偏僻的小山村，村民们过着日出而作、日落而息的安稳日子。忽然有一天，后山上不知从哪儿蹿出来一大群猴子，经常下山来糟蹋粮食，而且这群猴子繁衍得很快，一年之后就有数百只之多了。

就在村民们为怎么处置这些猴子烦恼时，一个商人带着他的助手来告诉村民们，他们需要这些活猴，愿以每只100块钱的价格收购。

村民们看到了发财的曙光，全家老小一起出动，一天下来，每户人家都能捕个七八只。以这种速度赚钱真是八辈子都没有的事情，很多村民半夜睡觉都在笑。

很快，山上猴子的数量越来越少，商人只得把价钱提升，一直提到每只500块。村民们开始昼夜不眠地上山捕猴子，可基本上没什么收获。

这天，商人要到山外去办事，便把收购猴子的事情交给了助手。等商人走后，助手找到村民，说他看不惯商人的很

多做法，在商人手下是干不下去了，他想把已收购的猴子以每只300元的价格卖给村民们，然后村民们再以500元的价格卖给商人，这样大家都能赚一大笔钱。

村民们把一生的积蓄都拿了出来，争相购买猴子。

第二天，助手消失了，商人也没有再出现过。

如果你是村民，会怎么办？当然找他们去！告他们去！非也，那些村民不是这么做的，他们偷偷把猴子放到另一个很遥远很偏僻的山村附近。后来，这些村民也变成了商人。

智慧博客

利益与欲望的驱使，良心与道德的丢失，使社会逐渐变成一片黑暗。尔虞我诈、投机取巧便是暗夜的爪牙，贪婪地吞噬着每一丝光芒，在这无尽暗夜中要坚守自己的心灵光芒，将这光芒化为一直利镰，冲破黑暗，迎接曙光。

百科探秘

按海岸的形态和成分来分，中国的海岸有平原海岸、山地港湾海岸及生物海岸三类。我国东部和南部临海，海岸线总长度达三万多千米。

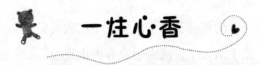

一炷心香

纪广洋

修行多年的心吾和尚，就要到一座新修的寺庙里做住持了，临行，他向老法师海帆方丈求教："佛海无涯，何日是归期？人生有限，哪天成活佛？"

海帆方丈答道："香火不断，水漫灵山亦通明，天天是归期；风雨飘摇，一炷高香常相伴，即刻成活佛。"

心吾和尚到了新修的寺庙后，便把敬佛上香作为头等大事来抓，他的禅房和卧室里，高香常明，及时续接，片刻都不曾断过香火。即使外出化缘，他也手持高香，从不间断，风雨无阻。

可是，三年五载过后，心吾和尚感到自己的道行并无长进，就又返回往日的故庙，想再次向海帆方丈求教。可是，当他手持高香刚刚

踏进海帆方丈的禅房，海帆方丈就端坐圆寂了。一滴清泪悄悄地滑下心吾和尚的眼角，正好滴落在他手拿的香火上，哧啦一声，他手里的香火灭了。

就在这时，他发现自己对海帆方丈的尊重和敬仰竟丝毫没有改变。

他终于顿悟了。原来那一炷香是应该燃在心里的。

智慧博客

信念并不单单表现在行动上，更重要的是心中的坚持。外在的行动之光可能会熄灭，不能时刻照耀心灵。但是，只要心灵的坚持之光永不熄灭，便能永远照亮人生的方向。

百科探秘

日光浴的方法主要有两种：天然的和人工的。天然的就是太阳光浴。而人工的又分为日晒床和人工美黑两种。

"海盗"和国王

邱向峰

　　亚历山大大帝是古代马其顿国王，他性情残暴，好大喜功。在他执政的 13 年中，连年发动战争。所到之处，不仅毁坏城堡，还烧杀抢掠，使得老百姓苦不堪言。

　　一次，亚历山大抓到了一个"海盗"。经调查，原来这个所谓的"海盗"，不过是一名被战争逼得走投无路、以捕鱼为生的农民。

　　为了给这个农民定罪，亚历山大大声地呵斥道："你如何看待自己骚扰海上的行为？"

　　"正像你骚扰世界的行为一样，"农民从容地回答道，"作为农民，

我用的是一条小船，所以我被叫做海盗；而你用的是一支庞大的舰队，所以你被叫做国王。"

智慧博客

> 对与错的界定有时就如白与黑之间的一片灰色地带，并不明晰，它取决于所站立场，但是不能以立场为借口混淆黑白，用虚假的白色染料遮掩原本的黑色。

百科探秘

梦是一种意象语言。这些意象从平常事物到超现实事物都有。事实上，梦常常能够激发出艺术等方面的灵感。

充满智慧的对联广告

韩 杰

从古至今，用对联做广告的例子比比皆是，好的对联广告均别具匠心、生动有趣，充满了睿智。有的告示语由于构思巧妙，富有创意，也让人称道。

警策哲理型

某钟表店贴有一副广告对联："刻刻催人资警省，一寸光阴一寸金。"一竹器店的对联广告是："虚心成大器，劲节见奇才。"

意境型

有的对联广告言简意赅，很有意境，如一眼镜店联："悬将小日月，照彻大乾坤。"一刻字店联："群书传四海，一刻值千金。"理发店联："理发如同理政，洗头即是洗心。""虽为毫末技艺，却是顶上功夫。"

嵌字型

过去，广东潮州有一"韩江酒楼"，其对联是："韩愈送穷，刘伶醉酒；江淹作赋，王粲登楼。"

韩愈是唐代大文学家，他有一篇著名的《送穷文》。刘伶是西晋"竹林七贤"之一，以嗜酒著称。江淹是南朝梁文学家，擅长作赋。

王粲是汉末文学家，其名作是《登楼赋》。此联套用了这四人的典故，首冠"韩江"二字，尾联"酒楼"二字，充满着文化意蕴。

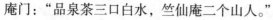

拆字型

古时，西湖天竺顶有一座庵寺叫"竺仙庵"，庵边有个泉眼，庵中两人，汲泉水煮茗卖，有一联悬于庵门："品泉茶三口白水，竺仙庵二个山人。"

这是拆字联，上联"品"拆成"三口"，"泉"拆成"白水"；下联"竺"拆成"两个"，"仙"拆成"山人"。颇具匠心，足见智慧。

智慧博客 ❤❤

一个贴切的标志方能起到事半功倍之效，细微之处也能体现其意蕴深厚，匠心独铸。在茫茫众生中与他人相近，要时刻彰显出自己的独特个性和独到魅力。

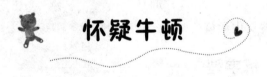

怀疑牛顿

朱　晖

20 个世纪 80 年代，一个宁静的黄昏，美国芝加哥大学物理系的学生们正埋头演算一道数学命题。这道命题来自科学巨人牛顿的《数学原理》第三卷，诺尔教授试图借此检验学生们的学习成果，看他们能否计算出与牛顿同样的得数。然而，一名叫做罗伯特·盖瑞斯特的学生打破了宁静。

"教授，牛顿先生的答案似乎错了，地球的质量不是太阳的194%。"罗伯特这样说道。诺尔教授的眼镜惊得差点跌到地上，他努力制止住其他学生的哄笑，尽量平静地说："哦？说说你的答案。"罗伯特的脸不由得红了，但他还是鼓足勇气说："我算出应该是169%，虽然与牛顿的得数不同，但我确信自己的得数是对的。"

诺尔教授一下子气得说不出话来。要知道，牛顿在 300 年前写的《数学原理》一书是无懈可击的数学典范，一个初出茅庐的大学生竟

敢怀疑牛顿，真是太不知天高地厚了。不过，为了给罗伯特留点面子，诺尔教授只是淡淡地说了一句"你有空再好好算算"，然后就宣布下课了。

第二天，罗伯特早早地候在了诺尔的办公室里。一见到老师，他就非常兴奋地说道："我昨天一整夜没睡，查阅了早些时候 6 种版本的

《数学原理》，您知道我发现了什么吗？"诺尔教授不由愣住了，难道他真有什么惊人的发现？于是他问道："你发现了什么？"罗伯特睁大因熬夜而布满血丝的双眼，大声地宣布："牛顿确实错了！因为他忽略了自己改写本中的相应变化，从而贻误百年！"

诺尔这时也有点信了，他开始试着演算那道自己从来不曾怀疑过的命题。最后，当稿纸上的得数清晰地显示为169%时，他顿时感到天旋地转，牛顿确实错了。

此事很快就一传十，十传百，在整个科学界掀起了轩然大波，无数的科学家都不敢相信，但最后又都不得不信。

伟大的牛顿竟然犯了个低级错误，真叫人难以置信。然而更不可思议的是，300年来，在以严格、精密著称的数学界，这道命题历经了几十代科学家的反复研究学习，竟无一人发现这个低级错误！

20年后，当记者再次提到这个问题时，罗伯特说了一句耐人寻味的话："因为人们总是认为牛顿是不容置疑的。"

智慧博客

真理是千锤百炼后的真金，需要无数次的检验，无数次的冶炼，无数次的提纯而后产生的，不经过时间检验的真理不能叫真理，在真理面前没有绝对的权威，没有绝对的真实，即使面对权威也要敢于挑战，用实际去验证。

百科探秘

人体能通过触摸感知的电跟电压、时间、电流、电流通道、频率等因素有关。一般情况下，触摸家电外壳是不会触电的。

千手观音的手臂

感 动

重庆大足石刻中，有一尊精美绝伦的千手观音造像。技艺高超的工匠，以整面山体为背景，将佛像开凿出来，并依照山势，在佛像周围的空余岩石上雕满了不同姿态的手臂。每只手的手心各有一只眼，手握法物各异。其姿势或伸、或屈、或正、或侧，恍若天生，千姿百态，无一雷同，恰似孔雀开屏般巧妙分布在八十多平方米的崖石上。

虽称为千手观音，但"千手"只是个概数，就连当年的雕刻者自己也没有弄清楚，这尊千手观音像究竟有多少只手。从南宋造像以

来，曾有无数人来到这尊千手观音像前顶礼膜拜，人们惊叹于这些巧夺天工的手臂，却不知它们究竟有多少只。几百年来，没有一个人能说出它的准确数字，从宋代到清代，千手观音的手臂有多少已成为一道不啻哥德巴赫猜想的数学难题。也曾有一些聪明睿智的学者来此数过，但数来数去，终因手的分布过于纷繁，他们都一个个叹息着离开了。这样，千手观音的手臂之数，一直无法确定。直到清朝末年，当地对千手观音进行修缮时，一个小沙弥给出了答案。

小沙弥的计算方法简单得出人意料，他所用的只是一桶金漆，一桶竹签。他将金漆分别涂在那些手臂上，每漆完一条手臂，就从木桶里抽出一根竹签扔到地上，当他漆完了所有的手臂，再去数地上那些竹签，刚好是 1 007 根。这就数出了千手观音的手臂是 1 007 条。

一道千古谜题，竟被这样一种简单的方法破解了，令很多人扼腕赞叹。

智慧博客

世界上许多难题都如险要的峭壁，高不可攀，无数投机取巧的捷径都只会走向迷途，想要征服险要的峭壁，屹立于成功的顶峰，唯一有效的方法就是踏踏实实迈好每一步，坚持不懈，只有这样才终能立于顶峰一览众山小。

不平等条约

庞启帆　编译

　　一天，银行的信贷部来了一位老印第安人。他想向银行贷款500美元。信贷部的经理接待了他。经理问明老印第安人的来意后，从抽屉里拿出一份贷款申请表，接着问："你贷这笔钱来做什么？"

　　"从我们的部落收购珠宝到城里去卖。"老印第安人答道。

　　"你有什么东西作为抵押品吗？"

　　"我不知道什么是抵押品。"

　　"嗯，就是某种有价值的东西，如果你到期还不了这笔贷款，这个东西就归银行了。你有汽车吗？"

　　"有，一辆1949年的雪佛兰。"

　　经理摇摇头，接着问："据我所知，你们印第安人都养有牲畜，对吧？"

　　"是的，我有一匹马。"

　　"多大了？"

　　"不知道，已经没牙齿了。"

　　经理耸耸肩，但他最终还是决定贷500美元给老印第安人。几周后，老印第安人再次来到银行。他一进信贷部就拿出一捆钞票，从中点了 500 美元给经理，还清了贷款。经理放好收回的贷款，看着老印第安人手上还清贷款后余下的钞票，微笑着问道："你打算如何处置余下的钱？"

"当然是放在家里了。"

"你为什么不把它们存入我们的银行呢？"经理问。

"我可以这样做吗？"

"当然。你把钱放在我们的银行里，由我们来帮你保管，我们还付给你利息。你需要用的时候，再把它们取出来。"

老印第安人把身体往椅背上一靠，问："你们拿什么来作抵押？"

智慧博客

当你在面对他人的求助时，将自己放在高高在上的位置去施舍帮助时，请不要忘记，终有一日你也会向他人寻求帮助。每个人都需要他人的帮助，但是没有人喜欢被施舍，聪明人做事总会为自己留有余地。

智慧的尺度

李浅子

一个人能够成为一位著名的医学家已属难得，而同时又在神学、哲学、文学、美学、音乐、化学、物理、数学、地理、法律、心理学、天文学、逻辑学、语言学、动植物学等诸多领域都有重大贡献，这可能吗？然而，有一个人却做到了，他就是阿维森纳。

阿维森纳公元980年出生于中亚细亚布哈拉附近的阿法西纳小镇（今乌兹别克附近），出生后不久即随家人迁至当时的萨曼王朝首府布哈拉。阿维森纳幼年便勤奋好学，对文学、哲学、美学、物理等领域均有深入研究。

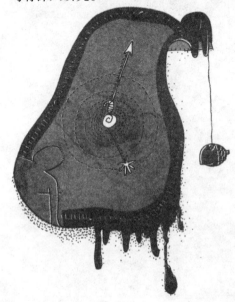

在医学方面，阿维森纳更显露出了非凡的才华。在他17岁时，萨曼国王病重，许多名医均束手无策，他经人推荐前往诊治，很快就治好了国王的病。国王决定重赏这个小神医，但面对黄金钻石等赏赐，阿维森纳却毫不动心，只提出了一个请求：允许他进入国王的图书馆。

国王的图书馆藏书极为丰

富，阿维森纳对其早已"垂涎三尺"，现在有了这个机会，自然异常珍惜。他一头钻进图书馆，如饥似渴地博览各种珍贵的书籍，几乎把整个图书馆的书都读遍了，这为他以后在各学科的发展打下了坚实的基础。

阿维森纳一生读书、著书不辍，不仅对医学有精深的研究与贡献，还著有各种学科的著作近百种，被后世誉为"医学之王"与"阿拉伯学术义化之花"，是一位堪与亚里士多德、达·芬奇、歌德等人媲美的百科全书式人物。

1037 年，年仅 57 岁的阿维森纳因积劳成疾离开了人世。据说，在他生前曾有朋友多次向他建议："你已取得这么多成就，完全可以生活得安逸一些，不必如此'玩命'"。对此，阿维森纳回答道："我宁愿过宽广而短促的一生，也不愿过狭隘而漫长的一生。"

阿维森纳曾写过一部名为《智慧的尺度》的著作，这虽是一部描写各种复杂的机械装置的科学论著，但书名放在他的身上却非常适

合。一个人的生命长短，与他所能达到的"智慧的尺度"，常常是不成正比的。这，或许正是那些碌碌无为者的悲哀吧！

智慧博客

　　人的一生在浩瀚宇宙中有如一粒尘埃，微不足道，而人的智慧却是无穷尽的。在短暂有限的人生中，用尽力量去丰富自己的知识，开拓自己的事业，终能创造一片属于自己的天地，成为人类历史长河中一颗闪耀的明珠。

百科探秘

　　卫星电视广播是由设置在赤道上空地球同步卫星，先接收地面电视台通过卫星地面站发射的电视信号，然后再将其转发到地球上指定的区域，由地面上的设备接收供电视用户收看。采用这种方式传播的电视广播就称为卫星电视广播。

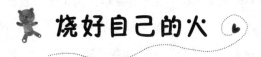

烧好自己的火

吕　华

　　有一个担水的僧人，长得五大三粗，膀阔腰圆。由于他脚力好，力气也比常人大，所以，即使他一人担着四桶水，也面不红气不喘。众僧见了，都忍不住对他竖起拇指，称其"神力"。

　　和他住在一个禅房里的，是一个烧火的僧人。相比之下，他就长得文弱多了，像根豆芽菜。似乎一阵风就能把他吹倒。众僧经常拿二人作比，多取笑烧火僧的"肩不能担，手不能提"。

　　对于众僧的褒贬，烧火僧表现得似乎很"鸵鸟"。既不见他与众僧辩驳，也不见他偷偷地练体力，以证明大家的看法是错的。他每天总是像往常一样烧着自己的火。

这天，担水僧按捺不住心中的疑惑，向烧火僧问道："你怎能任人家取笑，还能安心在这里烧火呢？"

"我自知身体单薄，不是担水的材料，还是烧好自己的火为好。"

担水僧有些生气地说："怎么能妄自菲薄呢！你应该证明给他们看，你并不比别人差。从今天起你和我一起担水！"

"这并不是妄自菲薄，"烧火僧笑着摇了摇头，"因为在我眼里，能烧火和能担水是一样的。"

担水僧脸色一变，觉得像是在侮辱自己。

觉察到担水僧的异色，烧火僧解释道："担水需要好的体力和平衡力，烧火何尝不需要对火候的敏锐感觉和把握呢？众人夸你，是注意到了你的存在，但我不能因为人家没注意到我，就放弃烧自己的火。其实，在修行的路上，你我离佛祖都一样近，一样远，没什么可褒贬的。"

听了烧火僧的话，担水僧有些惭愧，说道："原本想点醒你，没想到反而被你点醒了。"

智慧博客

虚伪的荣耀与攀比就像海市蜃楼一样，诱惑人们的心灵，使人在人生之路上走上异途、迷失方向。人生的漫漫旅途中，要有一份淡定平和的心态，不被异途的路标所迷惑，坚定地走好自己的人生之路。

智者的思维

云中飞

某公司欲招聘一名销售经理，便在当地一家报纸上刊登了一则广告。广告中对应聘者的资历、条件、工资、福利待遇等作了详细说明，同时还特别强调：应聘者若被录取必须要经过面试和一系列复杂的能力测试。可让人感到奇怪的是，在广告中根本找不到这家公司的任何联系方式。

很多人都对此广告产生了兴趣，跃跃欲试。可广告并未提供该公司的联络方式，这让他们或多或少感到疑惑。他们想：这肯定是报纸

编排出了问题。于是，他们一边耐心地等待报纸刊发补正，一边着手准备自己的求职信、履历资料，有的人甚至还开始猜题押宝：能力测试到底会测试些什么。

在这些应聘者中有这样三个人，虽然他们也想应聘这一职位，可他们并没有坐等报纸刊发补正，而是马上行动起来，自己去寻找所需要的信息。

应聘者甲，打开电脑，轻敲键盘，在搜索栏输入了该公司的名字。屏幕上马上就出现了该公司的许多信息，其中就包括这家公司的联系方式。

应聘者乙，拿起手机，给当地查号台打了个电话。几十秒钟后，他便得到了该公司办公室的电话。他随即给公司办公室打电话，得到了他所需要的信息。

应聘者丙，自己跑到大街上去寻找想要得到的答案。因为他记得，他曾在某一条街道上看到过这家公司的一个广告牌。他开着车转了几圈，终于找到了那块广告牌，得到了那家公司的联系方式。

三天过去了，报纸并未刊登任何补正。有人坐不住了，给报社打电话，得到的答复是：原稿如此，报社并未出现遗漏。

而就在这三天中，应聘者甲、乙、丙三人的求职信和个人履历材

料都已经送到了该公司人力资源部主任的手上。三人接到公司通知前去面试，并被当场录用。三人都没想到，事情竟会这样简单。他们带着疑惑询问道："广告上不是说还有能力测试吗？"

人力资源部主任微笑着告诉他们："你们都已经出色地通过了我们的能力测试。我们的测试，就隐藏在那则广告中。现在这个时代，要当一名优秀的销售人员，绝对不能按部就班、循规蹈矩、墨守成规，必须要有开阔的思路和灵活的应变能力。你们三个人，在最短的时间内，成功地找到了我们的联系方式。测验合格！"

智者去主动寻找机会，而傻瓜总是坐等机会上门。

智慧博客

机会是人迈向成功、走向辉煌的跳板，抓住机会之神的青睐能助人在迈向成功的路上走得更远、跃得更高。但是，当机遇降临时要敏锐地发现，用充分的准备和切实的行动牢牢抓住机会，不要让良机白白失去。

放低30公分

刘东伟

在华盛顿的威斯康辛大道上，新开了一家营业所，负责人诺基是金融专业的毕业生。

开张后，诺基从规范业务操作开始，严抓强管，然后又购置了许多新椅子，放在窗口外的大厅里，顾客可坐等业务办理。谁知，投入很多，效果却不大，一晃三个月过去了，营业所的业务很一般。诺基很纳闷，他不知道自己的不足在哪里。

一天，诺基拦住一位刚办理完业务的老者，客气地说："老人家，能请教一个问题吗？"老者说："有什么事请直说。"诺基便说出了自己的困惑，诚心请教老者自己的做法有什么不妥的地方。老者听了以后想了想，指着窗口外的那些新椅子说："把它们放低30公分吧！"

虽然不太明白为什么，诺基还是决定试试，便真的将这些椅子都放低了30公分。

果然，营业所的业务越来越多，年底，诺基被评为"十佳金融管理人"。

有一天，诺基又见到了那个老者，便请教其中的奥妙。老者指着那些椅子说："原来窗口外的椅子比较高，营业人员和窗外的顾客对话时，往往要抬着眼皮，给人一种'翻白眼'的错觉。现在放低了这些椅子，从内向外看就基本达到了平视，这样，顾客会感到很亲切。不要小看这30公分的高度，里面也有大学问呢。"

智慧博客

> 在人际交往中最重要的一条便是平等相待，没有人喜欢被蔑视，高高在上的态度只会让事业之路更加崎岖难行，放低身段，亲切待人，给予他人尊重，赢得他人的好感，会助事业之路更加平坦通畅。

一百步和九十九步

凉月满天

一个朋友要离家去异地的艺术学院进修。

饯行会上，大家你一言我一语，都是鼓励、勉励、激励，每个人都擦亮了眼睛，看她如看名贵瓷器，怎样被时光的软布擦拭得越来越亮，灿烂辉煌。说实话，我也这样看，我也这样想，可心里隐隐却有些不安。

直到有人语重心长，提出人生四原则。那个人说："做人要分四步走：第一，坚持；第二，坚持；第三，坚持；第四……放弃。千万千万要记得。"

一瞬间豁然开朗，终于明白了自己究竟在不安些什么。

长久以来，我们的思维都进入误区了，总觉得执著是好的，坚持

是好的，百折不挠是好的，要想达到目的，这就是最有力的"捷径"了。只要执著、坚持、百折不挠，就一定能"1+1=2"，奋斗和成功之间可以直接画等号。

哪有这回事儿呢？

一次作协会上，结识一位文友，花白的头发，皱纹纵横，看不出多大年纪，反正儿子都快大学毕业了。她告诉我，自己从十几岁走上文学之路，到现在已经发表了十多篇文章。而且这好几十年的时间，攒了满满两大箱子的手稿，大部分纸页都发了黄，就等着有一天能够声名远扬，以往的这些东西就可以全部拿去发表。

她一边说，一边拿出厚厚一摞文章让我看：文笔嫩，主题老，用写报告的手法写小说，用歌颂太阳的口吻写散文。而她居然像这样写了一辈子，这可怎么得了。

而且她还一边端详我的脸色，一边问："行不行？好不好？"

我支支吾吾地说："还……还不错。"

她好像受到了莫大的鼓励，说："谢谢你！我会一直坚持下去的！"

我吓了一跳，条件反射一样地叫："别！"

"为什么？"

看着她探询的目光，我不知道该怎么说。

她的精神我是很敬佩的，可是，她的做法却是错的。爱一个人，爱一件事，爱一个事业，爱到全情投入，那敢情好，可是一定要有一丝丝的理智，用来衡量值不值得。文学是高尚的，这不错，文学是神圣的，这也不错。可是，文学也很凉薄，为她献身，还应该考量一下，你有没有这个底气和这个本事。虽说"将相神仙，也要凡人做"，可毕竟不是随便哪个凡人都能出将人相的。所以，不要盲目献身啊。

她生气了："老公也小看我，孩子也小看我，大家都小看我，连你也小看我！你怎么就知道我得不了诺贝尔文学奖？"

我噎住了。

很多时候，我们的人生就毁在这过分的执著上。所谓"百折不挠"，那是有前提的。不用说，方向错误一定会南辕北辙，可是就算方向正确又怎样？一路冲着顶峰狂奔而去，能不能攀上顶峰不说，那份不肯左右枉顾的劲儿，会屏蔽掉沿途多少大好风光？

其实，从内心深处来讲，人都是有"自知之明"的，会大略估量得出自己和顶峰之间的距离。可是有时候明知差得很多，仍会受所谓"百折不挠"的蛊惑，拼命往前跑跑跑，心里想着就算到不了顶，也是挺悲壮的，为了这份悲壮，累死也值得。

真值得吗？还是在害怕？怕中途放弃会被人笑，怕半路转身自己后悔。怕来怕去，如骑疯虎，下不来了。整个坚持的过程，其实就是在拔河，眼睁睁地看着自己的生命像根绳，被抻着，拉着，扯着，拽着，然后"嘎嘣"一声，断了……

做人总要明智些，适当的示弱、认输、放弃，并没有什么不好。"坚持"这回事，做到九十九分就可以了，留下一分力气好转身；"执著"这张试卷，答满九十九分也就足够了，留下一分好回头。为什么非得要百折不挠？九十九折之后，爬起来，拍拍土，步向另一个方向，既尊重了生命，又善待了生活。

这，大概就是一百步和九十九步的区别吧。

智慧博客

　　奔向成功的路上，总要有坚定执著的信念做支撑。但是，当到达成功之路的前面，横亘着一条费尽力气也永远不可逾越的鸿沟时，何不潇洒转身，毅然放弃。放手转身，返航的沿途也许会发现那从不曾注意到的美景。

百科探秘

　　边吃饭、边看电视不仅影响食物的消化与营养的吸收，而且容易影响人的食欲。长期如此，肠胃等生理机能就会下降，进而影响人的身体健康。所以人们，尤其是处于生长发育阶段的青少年，最好不要边吃饭边看电视。

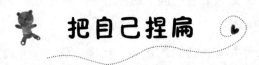

把自己捏扁

赵娜娜

　　他是捏泥人的民间艺人，十几岁时就已经小有成就。他捏出的泥人惟妙惟肖。他曾对父亲说，要把家业做大，要赶上天津的"泥人张"。

　　他看人家在街上画像，只要有三分像就有客人掏钱，而自己的手艺可是祖传的，捏的泥人至少都有七分像。于是他有了开店的念头。

　　几年后，他开了家小店，叫"捏你没商量"。小店开张没多久，就赚了个盆满钵满。一个泥人收50块，他用不了十分钟就能完活，一天下来捏几十个泥人很轻松。游客也乐意掏票子，游客夸奖捏出的小泥人不但和自己神似，而且更漂亮一些。

　　两年后，他买了大房子，买了高档汽车。有了钱，他就想赚个好名声，让自己的名气更大一些。可努力了几年，他只能算当地的小名人，很难被外界知晓。他一直彷徨迷惑，问父亲："为什么我不能出人头地？"

　　父亲没多说，让他给自己捏个泥人。他点点头，抓一把红泥,在手中揉捏几下,再瞟父亲几眼,手中的竹器在红泥间游走,捏泥的手犹如舞台上的演员的手那般柔美。不到十分钟,他就为父亲捏好了泥像。他拿着泥像对父亲说:"您看泥人的眼睛、鼻子、嘴巴,多像您啊,而且捏出的泥人比您还要有神,还要富态。"

父亲接过泥人,用手在泥人头上使劲一捏,泥人被捏扁了。父亲拿着"破相"的泥人说:"你不能成功的原因正是你捏的泥人太漂亮!我长得并不富态,可你捏出的泥人却比我本人更耐看。"

"这是因为你在迎合人们的心理,游客让你捏泥人,你总是把泥人在捏得逼真的同时,尽量让它比真人更漂亮,正是这一点点私心,让你的心不能平静。不错,游客拿了泥人,看着它漂亮、逼真当然满意,你也能赚更多的钱,可你不能平心静气地研究技艺了。"父亲平静地说。

如果你想成功,就要把自己捏扁。试着把自己的私心捏扁,把自己欲望捏扁,只有这样,你才能成功。

智慧博客

私心和欲望以其虚伪美丽的外表迷惑着在成功之路上迂迂前行的人们,魅惑人的心灵,使人偏离了原本的路线,走向异途。试着"捏扁"自己的私心和欲望,以审慎的目光洞察虚伪的诱惑,才能平心静气地登上自己的成功殿堂。

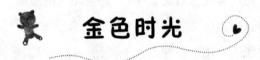

金色时光

谢志强

国王的特使抵达了"金色时光"。"金色时光"是因一位富豪而得名，特使就是奉国王的旨意来拜访那位富豪的。

特使已知，富豪拥有充足的时光，他认为时光有金色的色泽，他的名言是"时光就是金子"。他拥有丰厚的财产，"那是时光的馈赠"，他这么说，仿佛时光到了他手里，都兑换成了财富。因此，人们自豪地称这地方是"金色时光"，同时也称那位富豪为"金色时光"。

特使见到的这座"金色时光"城并不辉煌，似乎衰败了。他遇见

一位老人，衣衫褴褛，瘦骨嶙峋。

特使问："老人家，请问'金色时光'在哪里？"

老人用拐杖戳地："此地就是。"

特使说："我要找一个叫'金色时光'的人。"

老人问："你不是

本城人吧?"

特使介绍了自己的使命,说:"'金色时光'怎么不像我听说的那么气派?"

老人问:"你到底是要看城,还是要找人?"

特使说:"找人!国王派我来邀请'金色时光'去传授致富秘诀。"

老人说:"我就是你要找的'金色时光',失望了吧?"

特使说:"你害怕嫉妒?我们国王不会,他鼓励致富。"

老人摇头:"过去,我是最富有的人;现在,我是最贫穷的人。我是个不幸的人啊。"

特使问:"你怎会落到这个地步?遭受了什么意外吗?"

老人叹息:"我这辈子,所有的时光都用来追求财富。确实,我和财富有缘,我曾是这里最富足的人,我的名气还传到了贵国。我的时光都被财富占据着,我的财富却慢慢地流失。时光的金色褪去了,剩下我这副模样,这就是时光刻在我身上唯一的留念了。时光还有别的颜色啊。"

智慧博客

人的一生在漫漫宇宙长河中有如白驹过隙,转瞬即逝。在这短暂而又漫长的生命时光中,拥有黄金光彩的财富固然重要,但是,生命的时光并不只有金色,它是由许多美丽的颜色共同组成的,爱情的红、生命的绿、海天的蓝……不要迷恋于金色的财富而忽略了其他美丽的颜色所带来的感动和生命的震撼。

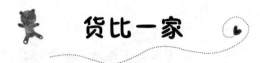

货比一家

海 梦

20 世纪 90 年代初，一名男子来到浙江义乌开店卖皮鞋。他的店处在繁华的路段，人流量很大，位置也非常好。起初，像别人一样，货架上摆放的是质量好、款式新的鞋子。那些有瑕疵的次等品，他全都退回给厂家，坚决不卖。

半年过去了，他虽然赚了一些钱，却无法甩开竞争对手脱颖而出。他尝试过许多方法，比如不定期开展一些促销活动，给顾客赠送小礼品等，但都没有太大的效果。

鞋厂老板知道他的心事后，给他发来一批次等品，说："你把这些鞋摆到货架上，保证你超越对手。"

他说："你的方法可行吗？万一我赔了，怎么办？"

鞋厂老板说："赔了，我来替你买单。但如果销量增长了，你得长期卖我的鞋。"

这是包赚不赔的生意，还犹豫什么？他当即答应了。

没想到，次等鞋子摆出来后，生意果真火爆起来，当月赢利就翻了一番。半年后，他开了两家分店，把竞争对手远远地甩在了后面。

"为什么摆了次等品，生意就变好了呢？"他问鞋厂老板。

鞋厂老板微笑着说道："有了次等品，顾客才会觉得店里的货物齐全，他们选择的余地才会更大。而且次等品暴露出了产品的不足之处，与上等品一对比，突显出了上等品的优点。这自然比你单卖上等品效果好得多了，否则顾客很难一下子了解产品到底好在哪里。这样，产品即使十分完美，也变成不完美了。"

人也一样，如果把次等品比做人的缺点，我们只有适当地表露出自己的缺点，我们的优点才会更加真实、突出。十全十美其实是不完美的，因此，有时我们不必刻意地隐藏自己的缺点。

智慧博客

缺点和优点有如双子座，是上天赐予人的完整。隐匿缺点的虚假完美固然优秀，却远没有适当地表露缺点来的真实。不要惧怕表露出缺点，有了缺点的对比才能更显优秀，才更加真实可爱。

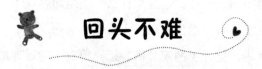

回头不难

陆先念

　　大和尚与小和尚结伴下山去镇上购买寺院一周必需的粮食。去镇上的路有两条：一条是远路，需绕过一座大山，趟过一条小溪，来回有近一天的路程；一条是近路，只需沿山路下山来，再过一条大河即可。不过河上只有一座年久失修的独木桥，不知哪天会桥断人翻。

　　大和尚和小和尚自然走的是近路，毕竟远路太远，一天一来回，费时费力。他们轻松下得山来，正准备过桥，细心的大和尚突然发现独木桥的前端有一丝断裂的痕迹。他赶紧拉住小和尚："慢点，这桥恐怕没法过了，今天我们得回头绕远路了。"小和尚经大和尚的提醒，也看到了桥的断痕，但他甚是迟疑："回头？我们都走到这儿了，还能回头吗？过了桥可就是镇上了，回头绕远路那还得有多远啊？我们

还是继续赶路吧，桥或许还能撑得住。"大和尚知道小和尚性格倔犟，见他执意要过桥，便不再言语，只是抢道走到了小和尚的前面，并随手捡了块石头在手中，在桥上敲了一下。"砰"的一声，腐朽老化的独木桥应声而断，落入三四丈下湍急的河流中。偌大的独

木桥竟经不起大和尚手中小石块的轻轻一敲！小和尚惊得半天说不出话来，继而庆幸自己还没踏上危桥，又暗自为自己的鲁莽无知感到羞愧。

在回头的路上，小和尚感激而又疑惑地对大和尚说："师兄，刚才幸亏你的投石问路，要不然，我可要葬身鱼腹了。你说，我当时咋就那么笨呢？满脑子想到的都是回头太难，过了桥便是镇上了，绝不能回头了。压根儿就没想过桥万一真垮了摔下河怎么办。"

大和尚不无深意地说："只要懂得放弃，其实回头并不难。"

 智慧博客

放弃是一种高深的心境，悠远怡长，是一种心灵的境界，宁静致远。有所舍弃才会有所获得，当放弃时，毅然绝决转身，哪怕前路近在咫尺，也不要侥幸留恋，过分的执著只会使人腐朽衰亡。

珍　惜

星　竹

　　美国的天堂动物园里，新来了一个喂河马的饲养员。但老饲养员给他上的第一堂课，就让他有点接受不了。听起来也确实有点奇怪，老饲养员告诉他，不要喂河马过多的食物，不要怕它饿着，以免它长不大。

　　新去的饲养员听了这话，十分纳闷，世上怎么会有这种道理？为了让动物长大，而不要喂过多的食物。他没听老饲养员的话，拼命地喂他的那只河马。在他喂养的河马前，到处都散落着食物。人们无不感到他的仁慈和善意。

　　但两个月后，他真的发现，他养的这只河马，没有长大多少。而老饲养员不怎么喂的那一只，却长得飞快。他认为是两只河马自身的素质有差别。

　　老饲养员不说什么，跟他换着喂。不久，老饲养员喂的那只河马，又超过了他喂的河马。他大惑不解。

　　老饲养员这时才一语道破机关："你喂的那只河马，太不缺食物了，反

而拿食物不当回事，根本不好好吃食，自然长不大。我的这一只，总在食物缺乏中过日子，因此，它十分懂得珍惜，是珍惜使它有所获得，也更加健壮。"

智慧博客

富足的物质往往使人不思进取、安于现状，忘记珍惜。在人生中要适当的给自己留有缺憾，才能激励人们进取、激发人们拼搏奋斗的信念，使人更加珍惜自己所拥有的、所得到的。

百科探秘

电子秤是采用现代传感器技术、电子技术和计算机技术一体化的电子称量装置，有效地消阵了人为误差，更符合法制计量管理和工业生产过程控制的应用要求，同时满足并解决了现实生活中的"快速、准确、连续、自动"的称量要求。

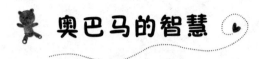

奥巴马的智慧

孙君飞

　　奥巴马在一次接受记者采访时竟被问及平时穿什么内裤。在大庭广众之下被问及隐私，确实是一个不雅的问题，但也不能说记者的素质低。美国总统竞选就是一场口才秀，竞选人经常会被记者刁难，而刁难恰恰也是考验和试金石。

　　奥巴马当然明白这一点，他镇定地说：我不会回答这种尴尬的问题。但总之不管我穿哪种，我都穿得很好看！"

　　当年，克林顿遭遇相同的问题，他的回答是：他穿四角内裤。这

种回答只能让全场爆笑，让自己更难以下台，给人留下思维不够机敏、口才笨拙的印象。

由此可见，奥巴马的口才确实很酷。

智慧博客

他人的刁难有如人生路上密布的荆棘，是考验亦是试金石，面对刁难时要镇定自若，将巧妙的智慧加一点幽默化为一把利刃，在人生路上披荆斩棘，冲破阻碍，闪耀自己金子般的光芒。

百科探秘

空调具有增加空气负离子浓度的功能。空气中带电微粒浓度的大小，会影响人体舒适感。空调上安装负离子发生器能够增加空气负离子浓度，使环境更加舒适，同时对高血压、哮喘等病症有一定治疗效果。

三寸之舌，强于百万之师

周群玉

齐军列阵，边境告急！鲁国告急！鲁国人民告急！

对方严阵以待，虎视眈眈，形势万分危急，战争一触即发！生死存亡之际，三寸之舌如何强于百万之师？一人之辩怎样胜于九鼎之宝？下面，就让我们将时光机器上的指针拨到公元前634年，看看历史在那年夏天上演了怎样精彩的一幕。

当时，势力强大的齐孝公趁鲁国发生严重灾荒、国力日渐衰弱之机，亲率战车二百乘、士卒万余人，浩浩荡荡地向齐鲁边境进发，准备讨伐鲁国。

鲁僖公听到这个消息，惊慌失措，他不敢派兵迎战，于是派大夫展喜带着酒肉粮帛，以慰劳齐军为名，去说服齐孝公退兵。

展喜知道，齐孝公讨伐鲁国是想继承齐桓公霸业，而齐桓公之所以能够称霸诸侯，不仅依靠武力征服，更重要的是尊重周王室。要想说服齐孝公，就要借周王室之名。

展喜驱车前往边境。见到齐孝公，他连忙迎上去施礼，命随从把慰劳物品抬出来，然后对齐孝公说："我国国君听说您在百忙之中屈尊驾临我国，特地派我来慰劳您和随行人员。"

齐孝公问道："你们鲁国人是不是害怕了？"展喜笑着回答："那些没有见识的人可能有些害怕，但我们大王以及有识之士却一点也不害怕。"

齐孝公冷笑了一下，不屑地说："不害怕？你们鲁国赤地千里、国库空虚，地里连青草都不长，老百姓家连隔夜粮都没有，你们凭什么不害怕？"

展喜拱了拱手，从容地答道："我们凭的是周王室的遗命。"

"什么？"齐孝公有点摸不着头脑，"周王室的遗命和你们怕不怕有什么关系？"

展喜解释说："当初，齐国和鲁国祖先共同辅助周王灭商，功勋卓著。齐鲁两国立下盟约：'世世代代、子子孙孙都要友好下去，不可互相侵害，共同辅佐周王室。'这盟约被两国人民遵守至今。"

听到这里，齐孝公脸上多了一丝尴尬的神情。

"后来，齐桓公，您的先辈——"展喜为表尊敬，拱手施了一下礼，"与诸侯结盟，帮助诸侯解决彼此分歧，弥合他们之间的裂痕，将他们从战争的灾难中拯救出来，齐桓公这样做，表明他正在履行辅佐周王室的职责。"

"到您——"展喜层层递进，终于说到了齐孝公，"即位之后，诸

侯满怀希望地认为：'他一定能继承齐桓公的业绩，和各国和睦相处。'正因如此，我们鲁国人认为没有必要聚集军队来防守东面的边境。"说完，坦荡地一笑。

展喜故意停顿了一下，看了看齐孝公，只见齐孝公的脸上浮现出了一丝笑意，连忙趁热打铁，说道："对于您这次驾临，鲁国人并不认为是来攻打我国。大家都说：'难道他继位刚刚9年，就会抛弃周朝先王的遗命？就会无视诸侯固有的职责？如果这样，怎么对得起齐国的先辈呢？'我和其他鲁国人一样，认为您一定不会这样做。我国的有识之士正是依仗这一点才没有一丝一毫的害怕。"

齐孝公听完，沉默了片刻，然后高兴地对展喜说："大夫言之有理。"接着，他吩咐左右收了展喜带来的慰劳物品，命令齐军离开齐鲁边境，班师回国了。

就这样，展喜凭借自己出色的口才，劝退了齐军，使鲁国人民免于灾难。

智慧博客

困难与危机有时如深渊险壑难以逾越，又如泥淖沼泽噬人性命。但是，面对困难与危机，切不可萎萎退缩，哪怕只有蝼蚁之力，也要勇于面对，以一颗坚定智慧的心创造胜利的奇迹。

求人胜于求己

错误是成熟的起点

张忠林

有一天，我的指导教授在私下里与我约谈。见到我直接就问："你是否知道，在学校里有哪两种学生可以毕业？"

我回答："愿闻其详。"

"答对者与答错者。"他说。

我愕然，答对者可以毕业，这是理所当然，但是答错者也可以毕业，就有点匪夷所思了。

于是，我反问教授："为何答错者可以毕业呢？"

"请问，一般人会故意答错吗？"

"不会，先生！"我回答。

"如果他不是故意要答错，但却答错了，就表示他对这个问题的逻辑不严谨，或者推理有问题对不对？"

"是的！"

"如果他不回答，有机会发现自己这些思考上的盲点吗？"

"不会！"

"如今通过错误，他发现了自己的盲点，请问这是不是一种收获

与进步呢?"

"是的。"

"既然他有了收获与进步,那么学校教育的目的是不是就已经达成了呢? 如果这个最重要的目的达成了,为什么我们不让他毕业呢?"

好啊! 原来这些心胸开阔的长者,对错误居然别有见地。

从那一刻起,我不再顾忌错误,不再明哲保身,在课堂中开始坦然地畅所欲言,也欣然接受老师与同学对我的指正。

慢慢地我才体会到,教室不只是理所当然可以犯错的地方,更明白,错误才是成熟理所当然的起点。

 智慧博客

错误是人生中不可或缺的宝贵财富,只有经历了错误和失败洗礼的人才会更加茁壮地成长,人总是在错误中成熟,在失败中成长。不要惧怕出现错误,只有出现错误才能使人收获,要惧怕的是隐藏错误,因为那会使人永远迷失于错误之中。

你自己就是无价之宝

考门夫人

几年前，在非洲发现了一颗有史以来从未有过的大钻石。有人把它献给英国女王，想把它做成女王冠冕上的饰物。女王把钻石送到了阿姆斯特丹，交给一个著名的宝石匠，请他加工。你猜他会怎样做？

他拿起这无价之宝来，先刻了一道深痕，然后拿起铁锤来把它重敲一下。一块世上仅有的钻石顿时一分为二。你一定会想：啊！胆大妄为的宝石匠，闯下了弥天大祸！

事实并非如此。那一敲是经过好几个星期的深思熟虑的。因为单单是为钻石绘图、打样，就花了许多时间，宝石匠对它的性质、硬度

和里面的裂纹，都是经过详细研究的。英国女王委托的人，那肯定是世上宝石匠中的佼佼者。

你认为那一敲是敲错了吗？不。这是宝石匠精湛技艺的最完美展现。那令人吃惊的一敲使那块钻石成了世上最玲珑、最耀眼的两颗金刚钻。那一敲实在是对它的拯救。

有时，生活会把你猛击一下。你流泪、流血、丧志、灰心，你说那一击是击错了。可是你错了——正是经过这样的锤炼，你才能成为一块璀璨耀目的宝石。

智慧博客

失败与挫折就像荆棘藤一般，常常将人伤得体无完肤，心灰志丧。可是，不要抱怨生活的不公，要正视失败和挫折，以一颗坚强的心去面对。因为，不经历炙焰冶炼不成真金，不经历暴风骤雨就看不到彩虹，只有经历了失败和挫折的锤炼，才能铸就自己炫目的辉煌。

百科探秘

冰箱周围的温度每提高 5℃，其内部就要增加 25% 的耗电量。因此，应尽可能将冰箱放置在远离热源处，以通风背阴的地方为好。此外，如果开门过于频繁，会使电冰箱的耗电量明显增加。所以应尽量减少开关冰箱门的次数。

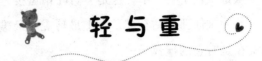

轻与重

谢志强

镜虚禅师带弟子满空去云水访禅。起初，这个新近剃度的弟子背着行囊步履轻捷，跑在师父前边恨不得阅尽一路风景。

镜虚禅师对满空说："匀些力，慢行脚。"

满空却克制不住，甚至一只小鸟也会引他疾跑一阵。两天下来，他的腿像灌了铅一样僵硬，那行囊，也仿佛不断有人往里塞东西，逐渐沉重起来。

镜虚还是保持着原来的样子稳健行走。满空隔一阵子，就提出一次："师父，歇息片刻吧，我直不起腰了。"

镜虚不同意，说："你越是惦记行囊，往里边塞的东西就越多。"

满空不得不拖着腿硬撑着，可他还是忍不住地想背着的行囊。

第三天，师徒穿过一个村庄，满空又要求歇歇脚再赶路。

这时，一农户的院门打开，一个挎着篮子的妇女走了出来。

镜虚突然奔上前，握住妇女的双手。她一惊一吓，脱口喊道："救命啊！"

村民从周围一扇扇门里冲出来，以为这个"花和尚"非礼，齐声围堵着要棒揍师徒。

满空料不到师父会有如此举动，拔脚去追飞奔而去的师父。

出了村，越过山，后边已无人影。镜虚驻足。

满空一脸的惊恐和疑惑，问："师父，这到底是怎么回事？"

镜虚笑着说："刚才，你不觉得沉重了吧？"

满空说： "师父，这一阵奔跑，行囊好像真的减轻了不少，真怪。"

镜虚说："行囊还是原来的行囊，只不过，你暂时顾及不了它罢了。"

智慧博客

前行的路上总有无数负担拖住你前行的脚步，使轻捷变成沉重。既然肩上的负担是无法改变的，那何不尝试着暂时忘却，你会发现，你的脚步依然可以轻健有力。放下心中的包袱，才能行得更快更远。

第八十四个磨难

李正华

一个农夫来拜访佛陀。他告诉佛陀，关于他的耕作、妻子、孩子的磨难，以及所有摆在他面前的麻烦和忧虑。

佛陀耐心地聆听着那个家伙的倾诉，最后，他开始等着佛陀指点他，让一切恢复正常。然而，让人始料未及的是，佛陀却说"我不能帮你。"

"您这是什么意思？"农夫吃惊道。

"所有人都会有磨难，事实上我们都会经历八十三个磨难，而且你对此一筹莫展。如果你真的执迷于其中一个磨难，也许你可以克服。但是，如果你这样，另一个磨难会接踵而来。比如，你最终会失去你最爱的人。而且，有朝一日，你也会死去。有一个磨难，你，

我，任何人都一筹莫展。"佛陀说。

农夫变得有些暴躁。"我原以为你是一个得道大师。我想你可以帮助我。然而，你所说的有什么用呢?"他厉声道。

佛陀说:"嗯，也许它能帮助你化解第八十四个磨难。"

农夫疑惑不解道:"什么是第八十四个磨难?"

"你不想要获得任何磨难。"佛陀说。

智慧博客

磨难也是上天赐予我们的财富，是生命中不可或缺的重要部分。当磨难来临时不要一筹莫展，怨天尤人，要积极地去面对，以乐观的心态面对生活磨难的洗礼，在磨难中成熟，收获自己的一片璀璨金秋。

百科探秘

抽油烟机是一种净化厨房环境的厨房电器。它安装在厨房炉灶上方，能够将炉灶燃烧产生的废气和烹饪过程中产生的对人体有害的油烟迅速抽走，排出室外，减少污染，净化空气，并有防毒、防爆的安全保障作用。

策划高手

朱宗成

　　我在一家广告公司工作，受全球金融风暴的影响，和我们公司合作的一家房地产公司楼盘一直卖不动。一天，老总召开紧急会议，说这家房地产公司决定打出降房价的广告，要求各位员工发挥自己的最高水平，拿出有效可行的方案，如果不能让房地产公司老总满意，断了这条财路，我们公司就得关门，大家都得卷铺盖回家。

　　令人大跌眼镜的是，刚进公司才几个星期的小马做出的策划得到了房地产公司老总的赏识，而我和资深广告人老刘的策划却被扔进了垃圾篓。

　　我做的策划关键字是：经典三室洋房，38 万元/套起。

　　老刘做的策划关键字是：别墅的享受，民宅的价格，3 888 元/平方米，后面也跟了个小小的"起"字。

　　而小马做的策划关键字是：最高只要 45 万，您就可以拥有一个四世同堂的家。

　　连消费者都知道，下限都是忽悠人的。

　　商场的较量激烈有如战场，人生的舞台亦是如此。在与人相处中，与其给他人一个较低的下限，再一步步攀升，莫不如直接给其上限，在有限的空间中使其拥有充分自主的选择权利，步步攀升的紧迫总让人备感压力，而充分的空间才能使人舒适自如。

百科探秘

　　燃气热水器是指以燃气作为燃料，通过燃烧加热方式将热量传递到流经热交换器的冷水中以达到制备热水目的的一种燃气用具。

谁能跑过千里马

沈 湘

公元前 307 年，也就是战国时期，秦国因战事需要，大量招募邮差，主要是让战士们与家人能够保持联系。可是，因路途遥远，再加上战场的不固定，那些仅靠双腿走路的邮差总是无法及时将信件送到目的地。

怎么办？这时，秦国皇帝嬴政下令，以重金招募那些跑得快的人来当邮差。为了那份高薪，很多人都开始练习长跑。主考官的标准是：谁能够跑得过千里马，就能入选邮差。于是，很多人每天都跟在马的后面练习跑步。可是，很长时间过去了，还是没人跑得过马。自然，主考官连一个合格的邮差也没招到。

只有一个叫成的人，没有跟在马的身后跑，他天天在自己家的院子里练习骑马。邻居们都笑话他："你不将马赶到外面去跟在马的后面练跑步，而是将马关在家里，难道你还能从马的嘴里得到什么长

跑的秘诀不成?"成没有吭声,而是继续练习骑马。

考试那天,当成骑着马像箭一样从主考官面前跑过时,所有人都惊呆了。那些被马远远地抛在后面的应聘者也停了下来,甚至都忘了比赛。

成就这样当上了秦国第一位合格的邮差。

  智慧博客

成功的硕果总是丰美诱人,如果与竞争对手拥有同样的筹码竞争,莫不如换一种方法,站在众人肩头,以自己独特的方式取胜,拥有自己独特的视角才能成为那匹傲人的"黑马"。

 百科探秘

微波炉在使用过程中也有许多需要注意的事项。其中之一就是微波炉在每次用完后,需要用湿毛巾将炉的内壁及转盘袜净,再用干毛巾抹去所有水分,并将炉门打开片刻以通风散热。擦干净门缝及门铰,切勿遗留异物以致炉门不能开关而泄漏辐射。

错出的经典

赵盛基

梅兰芳的琴师、86岁高龄的姜凤山老先生曾做客央视，做了一期梅兰芳的专题节目。其间他讲述了一件梅大师的往事，一个美丽的错误。

那是早年，梅大师与人合演《白蛇传》，梅大师在剧中饰演白娘子。剧中有一个动作，就是面对负心的丈夫许仙跪在地上哀求，白娘子心中爱恨交织，用一根手指去戳许仙的脑门儿。不想，梅大师用力过大，跪在那里扮演许仙的演员毫无防备，向后仰去。

这是剧情里没有的动作，可能是梅大师入戏太深，把对许仙的恨全都聚集在了手指上，才造成了这样的失误。眼见许仙就要倒地，怎么办？梅大师下意识用双手去扶。人是被扶住了，可梅大师马上意识到：我是白娘子，他是负心郎许仙，我去扶他不合常理，这戏不就砸了吗？大师到底是大师，他随机应变，在扶住的同时，又轻轻推了一下。所以，剧情就由原来的一戳变成了一戳、一扶和一推，更淋漓尽致地表现出了白娘子对许仙的爱恨情仇。这个动作，把险些酿成的舞台事故演得出神入化，得到了大家的认可。在以后的演出中，梅大师便沿用了下去。后来其他剧种也都纷纷借鉴，这个动作已成为一个经典。

姜风山老先生讲到这里时用了一个词：败中取胜。人生在世，难免出错，关键是怎么去对待和处理。处理不当，全盘皆输；处理得当，则能败中取胜，化腐朽为神奇。

 智慧博客

失误有如含苞待放的花朵，可能长成一朵独傲群艳的牡丹，也有可能在娇艳欲滴的花骨朵时黯然夭折。所以，当失误出现时与其慌乱补救，莫不如以上天赐予人的机智谨慎处理，让失误的花苞也能炫丽绽放。

有什么不能放手

刘 墉

新来的小沙弥，对什么都好奇。秋天，禅院里红叶飞舞，小沙弥跑去问师父："红叶这么美，为什么会掉呢？"师父一笑："因为冬天来了，树撑不住那么多叶子，只好舍。这不是'放弃'，是'放下'！"

冬天来了，小沙弥看见师兄们把院子里的水缸扣过来，又跑去问师父："好好的水，为什么要倒掉呢？"

师父笑笑："因为冬天冷，水结冻膨胀，会把缸撑破，所以要倒干净。这不是'真空'，是'放空'！"

大雪纷飞，厚厚的，一层又一层，积在几棵盆栽的龙柏上，师父吩咐徒弟合力把盆搬倒，让树躺下来。小和尚又不解了，急着问：

"龙柏好好的，为什么弄倒？"

师父正色道："谁说好好的？你没见雪把柏叶都压塌了吗？再压就断了。那不是'放倒'，是'放平'，为了保护它，教它躺平休息休息，等雪霁再扶起来。"

天寒，加上全球金融危机，香油收入少多了，连小沙弥都紧张，跑去问师父怎么办？

　　"少你吃？少你穿了吗？"师父瞪一眼，"数数！柜里还挂了多少衣服？柴房里还堆了多少柴？仓房里还积了多少土豆？别想没有的，想想还有的；苦日子总会过去，春天总会来。你要放心。'放心'不是'不用心'，是把心安顿。"

　　春天果然跟着来了，大概因为冬天的雪水特别多，春花烂漫，胜于往年，前殿的香火也渐渐恢复往日的盛况。师父要出远门了，小沙弥追到山门："师父您走了，我们怎么办？"

　　师父笑着挥挥手："你们能放下、放空、放平、放心，我还有什么不能放手的呢？"

 智慧博客

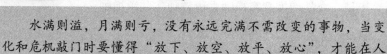
　　水满则溢，月满则亏，没有永远完满不需改变的事物，当变化和危机敲门时要懂得"放下、放空、放平、放心"，才能在人生之路上所向披靡，收获属于自己的明媚春天。

深井的那个人

谢志强

众学僧参禅常常会提些疑问，大家再抗辩。可这回提出的一个疑问，众学僧辩不出个明朗的答案。

疑问是这样：假如有个人坠入千尺深的井里，不用凭借任何工具能救出他吗？

于是，众学僧推慧寂禅师去请教师父耽源禅师。

慧寂：怎样救出深井中那个人？

耽源：痴汉，坠入井中的是何人？

慧寂：我们都不知坠入井中的人是谁。师父，怎样救出深井中那个人呢？

耽源：痴汉哪，竟有那么多人坠入井中。

慧寂连忙说：师父，仅有一个人。

耽源大喝一声：慧寂！

慧寂脱口应道：在。

耽源一笑，说：瞧，那个人不是出深井了吗？

慧寂一愣，随即拍手离去，一路喊：救出来了！救出来了！救出来了！

 智慧博客

当人陷入担心无法自拔时，就后退一步，暂且忘却，欣赏身边的美景。当转身回看时便会发现，所谓困境不过是自己凭空想象的虚幻和无谓的担心。

 百科探秘

饮水机是将桶装纯净水或矿泉水升温或降温并方便人们饮用的装置。饮水机使用一段时间后就需对其进行消毒。

求人胜于求己

清 竹

杰克·韦尔奇在大学毕业后考取了伊利诺伊大学的研究生，这里不仅有出类拔萃的化学专业，而且还有丰厚的奖学金。不过美中不足的是，他所在的化学工程系的系主任哈里·德雷克莫却是一个脾气暴躁、粗鲁而让人难以接近的人。

韦尔奇来到学校还不到两个星期，就结识了一位漂亮的女生，并约她周末出去玩，像所有这个年龄的青年人一样。萌动的激情让他们玩得非常开心，回来时他们把车停在了位于一片树林里的校园停车场边，两个人就在车里缠绵起来，可不幸的是，他们被学校的保安抓了起来。

20 世纪 50 年代在美国还是一个保守的时代，而他所在的中西部的风气则更为保守，这样的行为可能让韦尔奇获得硕士学位的机会泡汤。

想到这里，他感到很恐惧，但也只能等待星期一学校教务会的处

罚决定了。

第二天清晨，韦尔奇和女友被放了出来，可他一整天都是在惴惴不安中度过。他想一定要想办法改变这种状况，可有谁能帮他呢？看来只能向系主任哈里·德雷克莫求助了。

可一想到主任那声色俱厉的模样，他又禁不住先哆嗦起来。但此时德雷克莫是改变他命运的唯一的希望了，他下定决心拿起了电话。

"德雷克莫博士，"他说道，"我遇到了一个难题，校园警察因为我瞎胡闹抓住了我。我现在有点儿不知所措，我需要帮助。"他有些语无伦次地诉说了所发生的一切。

"该死的，在我所有的研究生里，你是第一个做出这种事情来的。"话筒那头传来了德雷克莫低沉的怒吼声，韦尔奇紧张得差点儿尿裤子。停了一下，话筒里的声音平缓了一些，"但既然发生了，你也不必太紧张。这件事交给我处理好了，但从现在开始你最好学会自我克制！"

德雷克莫果然没有食言，把韦尔奇从尴尬处境中解救了出来，虽然遭受到了严厉的批评，但并没有被驱逐出校。而更令人惊异的是，经过这次事件之后，韦尔奇感觉德雷克莫对自己开始亲近起来。他渐渐觉得，这个令无数人生畏的人其实挺和善的。

他们很快建立起了亲密的师生关系。尽管偶尔，他们还是会因为一个新闻事件发生争议，会为周末的橄榄球比赛打赌，但威严的系主任会时不时地搂着韦尔奇的肩膀开他的玩笑。韦尔奇很受感动，德

雷克莫把他当儿子一样对待，不仅在生活中给予了自己信任和宽容，而且在整个研究生学习中都给予了无私的指导，使他以优异的成绩拿到了学位。

这段经历给韦尔奇留下了深刻的印象，并影响了他的一生。

后来，韦尔奇通过自身的努力，成为了通用电气的总裁。每当遇到困难，他都会向别人求助："嗨，伙计，我想我遇到麻烦了，你得帮帮我!"即使对自己的下属，也经常会以这样的语气说话，因为他懂得，人们都有扶危济困、行侠仗义的心理，帮助别人能够获得巨大的心理满足。

反之，做同样的事，如果以上司的权威与傲慢发布命令，虽然他会去做，但都是被迫的。无奈的心态会让事情的结果大打折扣，而且在无形之中，他会与上司之间悄悄增长一种隔膜和对抗情绪，不仅影响士气，而且离心离德。

实际上，从心理学的角度说，索取比付出更能拉近与一个人的关系。韦尔奇显然对此深有体会，并把求人理念娴熟地运用于管理之中，成为他将身边的人凝聚成一个和谐高效的团队，把通用缔造成为一个超级汽车帝国的秘诀之一。

智慧博客

人生活在社会中，与其他人有着千丝万缕的联系。在遇到困难时，请放下桀骜不驯的身姿，放低高高扬起的下巴，学会向他人求助，你将收获许多意想不到的惊喜。

木鱼与钢刀

纪广洋

通义禅师在化缘归来的路上，遇到一个拦路抢劫的歹人，歹人手持钢刀说："把所有的钱财留下，就留你一命。"

通义禅师不慌不忙地从怀里掏出一只吃饭的碗和一个木鱼，微笑着说："就这些，看看对你有没有用处。"

"我要个破碗和木鱼干什么？我又不是和尚！"歹人怒道。

通义禅师依然心平气和地说："我知道你不是和尚，可我就只有这些东西呀。"

听到这里，歹人竟真的消了火气，不屑地说："你这个可怜的穷

和尚!"

"我可不穷,"通义禅师用手一指说,"你看看那名山大川,你看看那古刹新宇,你看看那清风明月,全是我的,怎么能说我穷呢?"

歹人也不示弱,比画一下手中的钢刀说:"你拿着木鱼化缘千家,不如我手持钢刀拦劫一人。"

"这么说,你家肯定富贵有余了?"通义禅师问那歹人。

歹人马上蔫了下来,哭丧着脸说:"不是。"

"我看你永远发不了!"通义禅师接着说,"你见因抢劫而成富贵人家的吗?"

歹人垂头丧气地说:"那倒没有见过。"

"你手中的钢刀不如我怀里的木鱼,你心中的邪恶更不如我心中的善良。"通义禅师语重心长地对他说,"贤者留名,恶者自毙,这是颠扑不破的真理啊!"

歹人听到这里,还真被说服了,他放下钢刀,跟着禅师上山了。

智慧博客

世俗的琐碎、生活的繁杂,浑浊了原本清碧透彻的心灵之泉。放弃众星捧月的荣耀,放下觥筹交错的嬉笑,扫清虎假的物质虚荣,还自己一个净透纯结的心灵。

幸亏有限度

刘 墉

"奇怪！树为什么都长到一定的高度，就再也长不高了呢？"

"幸亏它们不会一直长，否则每棵树都长到几百米，遮蔽在上面，我们就没有阳光了。"

"奇怪！人为什么也长到差不多的高度，就再也长不高了呢？"

"幸亏人不会一直长，否则屋子不知要盖多大，食粮不知要消耗多少，土地又如何够用？"

"奇怪！小动物为什么也都有它的限度，怎么喂，都再也不会变大呢？"

"幸亏小动物不会一直长大，否则猫变成老虎，我们反而会被它吃掉。"

原来这世上什么东西都有一定的限度，生长有限度、生死有限度、能力有限度。这限度，使万物能各守本分，各司其职；这限度也使我们能新陈代谢、世代交替。要想特立独行容易，欲求包容化育

困难；要想清新脱俗容易，欲求敦厚含蓄困难。

 智慧博客

　　世间万物都有限度，幸有限度使得万物相连相依、相克相生。在芸芸众生中，处处都是差异，想要彰显个性容易，但是，更应学会包容，以一颗博大宽广的心包容众生的差异。

 百科探秘

　　磁化水有种种神奇的效能，在工业、农业和医学等领域都有广泛的应用。在医学上，磁化水不仅可以杀死多种细菌和病毒，还能治疗多种疾病。例幻磁化水对治疗各种结石病症、胃病、高血压、糖尿病及感冒等均有疗效。

农夫与哲学家

沈岳明

一个农夫去一个哲学家家里做客。农夫不解地问哲学家："您每天不是读书，就是伏案写作，难道不觉得辛苦吗？"

哲学家说："因为我有事业心，所以不觉得辛苦。"

农夫又问："什么是事业心？"

哲学家想了想，说："我们不如来做个试验吧。只要你按照我说的方法去做，就知道什么叫事业心了。"农夫点头答应。

哲学家接着说："请将你的左手握成拳状，往前伸直，然后将右手也握成拳状，高高举起。接着迈步向前，每走两步后，将左手往两边摆动一下，然后再走两步，将举起的右手放下，又举起。就这样，一直重复着这些动作，并且转圈。"

虽然农夫不明白哲学家为什么要他做这些动作，但他还是照做了。大约过了半个小时，农夫放弃了。哲学家问："感觉怎么样？"农夫说："受不了，太辛苦了！"

哲学家笑着说："请问，你会耕田吗？"

农夫说："笑话，我是一个农夫，耕田是我的工作，要是连这个都不会，那还叫农夫吗？"

哲学家说："你能将你平时耕田

时的动作，在这里示范一下吗？"农夫毫不犹豫地做起了耕田时的动作。只见他左手握成拳状，往前伸直，然后将右手也握成拳状，高高举起。农夫惊奇地发现，他做的动作，与哲学家半个小时前让他做的动作一样。

哲学家笑了，问："你耕田的时候，觉得辛苦吗？"

农夫说："不但不觉得辛苦，还觉得很愉快。"

哲学家又问："都是相同的动作，一个觉得辛苦，另一个却不觉得辛苦，那是因为什么？"

农夫答："因为在耕田时，我心里想着丰收，所以不觉得辛苦；而刚才，我在做您让我做的动作时，心里什么也没想，所以觉得辛苦！"

哲学家拍手笑道："这就是事业心。因为你心里有了追求，所以长年累月做相同的事情不觉得辛苦！"

智慧博客

追求是世间最神奇的魔法，它给人的心灵以美好的期盼，给未来镀上耀眼的光彩，让崎岖的前途充满鲜花的芬芳，使辛苦化为奋斗的动力。

百科探秘

"琉璃"一词源于古印度语，随着佛教文化而传播，其原来的代表色实际上指蓝色。中国古代宝石中有一种琉璃属于七宝之一。现在除蓝色外，琉璃也包括红、白、黑、黄、绿等色。施以各种颜色釉并在较高温度下烧成的上釉瓦被称为琉璃瓦。

最好的纸

谢志强

一天，盘硅禅师差遣他的弟子，说："你去镇里，帮我买一刀最好的纸。"

弟子到了小镇的纸店，比价格、比质量，反复比较、权衡，终于购回一刀纸。

没料到，禅师验过纸，说："这纸不是最好的纸。"

第二天，弟子只得又跑一趟，兴冲冲地返回。

他期待禅师的认可，可禅师漠然地说："还不是最好的纸。"再次返回，弟子抢先说："店主说再拿不出比这好的纸了。"

禅师摇头，说："不是最好的纸。"

这样，弟子往返小镇和寺院多次，他已失去了自信，他不知禅师所说的"最好的纸"是什么纸。禅师甚至不去瞧一瞧纸，就摇头，说："不是最好的纸。"

弟子终于沉不住气了，说："这已经是最好的纸了。"

禅师说："是吗？"

弟子肯定地说："确实是最好的纸了。"

禅师说："既然是最好的纸，你何必还要一次一次地去挑选呢？"

弟子豁然开朗。

智慧博客

人们往往过分重视他人的评价，被他人的态度所左右，否定了自己的选择。有些时候不是自己不够出色，而是没有信心相信自己做到了最好。要学会相信自己，别人的评价可以参考，但是，一定不要为此而纷乱了自己的脚步。

百科探秘

因为胶卷的感光乳剂很软，容易划伤，所以在感光乳剂上面涂一层保护膜以使它不致"受伤"。保护膜是透明的，而且很硬。

机智幽默的"两面联"

傅小松

中国的语言文字，原来是没有标点符号的。一首诗、一副对联，如果读时做不同的停顿，有可能会产生歧义，甚至形成意思完全相反的"两副面孔"。于是就有人故意借此来钻空子，捉弄人。据说明代祝枝山就用这种把戏写出过两副绝妙的"两面联"。

祝枝山是个大才子，诗、文、书、画样样精通。余德泉在《对联纵横谈》里说，有一个富人找祝枝山题对联，祝枝山大笔一挥，写下这么一副对联：

此屋安能居住

其人好不悲伤

富人看了觉得很不吉利，找祝枝山算账。祝枝山说："没什么不吉利呀。"于是读道：

"此屋安，能居住；

其人好。不悲伤。"

这么一读，确实没什么不吉利。

据说祝枝山还作过另外一副这样的"两面联"，是送给

一个店主当春联的。

明日逢春好不霉气

终年倒运少有余财。

店主人将其读成："明日逢春，好不霉气；终年倒运，少有余财。"于是，他非常不高兴。祝枝山告诉他读错了，应该读成："明日逢春好，不霉气；终年倒运少，有余财。"这样一读，意思又大吉大利了。

智慧博客

世间之事，好似门神雅努斯有两个面孔一般，都有两面性，从不同的角度去看，会产生子然不同的结果。所以，遇事不可急躁，多加考虑，给自己一个最好的选择。

不值钱的价格

周建苗

有父子俩开一茶叶店。一顾客买茶叶，问："有没有好一点的？"儿子拿出茶叶，沏了一杯给顾客品尝。顾客喝完问多少钱，儿子答："一斤150元，刚到的春茶……"没说完，顾客打断问："有没有再好一点的？"儿子说："有。"又拿出一种一斤300元的。顾客仍不满意，儿子为难了。

父亲见了，连忙上前招呼，喊着："有有有，您要买多少钱的？"顾客试探地问："有没有500元一斤的？"父亲立即点头说有，接着便走进里屋去拿茶叶，沏与顾客品尝。顾客品了品，再问："还有没有更好的呢？"父亲旋即应着："有，老板您想买多少钱的？"顾客想了想说："1 500元一斤的有没有？"父亲呵呵地笑说："别说1 500元一斤，就是5 000元一斤的极品茶，我这儿也有。"说着，父亲又走进里屋，拿出两样茶说："这是1 500元的，那是5 000元的，您想试饮哪种呢？"顾

客摆手说："不用试了，就要那 5 000 元一斤的，给我来上两斤，找个精美的包装盒装起来。"

送走顾客，儿子纳闷地问父亲："咱店里什么时候进了这么值钱的茶叶？"父亲从里面拿出一把茶叶说："这便是 5 000 元一斤的。"儿子一看一闻，惊诧地说："您弄错了吧，这是 300 元一斤的那种。"父亲听着，摇头叹息说："儿呀，看来你必须学着点。人家要多贵的茶叶，咱店便有多贵的茶叶，这是做生意的潜规则。要记住，没有不值钱的商品，只有不值钱的价格。"

智慧博客

当今社会，很多人将商品的价值与价格分割开来，一味追求价格的高昂，认为价高者则物美，而弃商品的实际价值于不顾，是一种不理性的消费观，值得每一个人警惕。

百科探秘

次成像相机，也称"拍立得"，就是按下快门后，稍等一两分钟，在不需要任何耗材和操作的情况下，马上就可得到照片的相机。最早生产这种相机的是美国宝丽来公司，当时曾风靡一时。现今，一次成像相机已使用得相当普遍。

看不见的目标谁也无法击中

[巴西] 保罗·科埃略　陈荣生　编译

瑜伽大师拉曼精通射箭技术。一天早上，他邀请他最喜欢的弟子来观看他射箭。其实这位弟子之前已经看过很多次了，但他仍然听从师父的召唤。

他们进入寺院旁的树林，走到一棵大橡树前面，拉曼取下一朵别在衣领上的玫瑰花，挂到树枝上。

接着，他打开提包，取出三件东西：一把用珍贵木材制作得很精美的弓、一支箭和一条上面绣着丁香花的白手帕。

大师往回走，走到离玫瑰花一百步远的地方停下。他面对目标，叫弟子用那条绣花手帕蒙住他的眼睛。

弟子按师父的要求做。

"您看到我多久才练一次射箭这种古老的贵族运动？"拉曼问他。

"您每天都练，"弟子回答，"而且你总是能在 300 步之外射中挂

在树枝上的玫瑰花。"

瑜伽大师拉曼在眼睛被手帕蒙住后，双脚稳稳地站着，用尽全力拉开弓弦，瞄准挂在大橡树树枝上的玫瑰花，然后放箭。箭在空中呼啸而去，却连那棵树都没击中，离目标偏差之大，简直令人尴尬。

"我射中了吗?"拉曼边问边解开眼睛上的手帕。

"没，根本不沾边，"弟子答道，"我想，您是在向我证明思想的力量，以及您表演魔术的能力。"

"我只是给你上了关于思想的力量最重要的一课。"拉曼回答，"在你想做一件事情的时候，就只能把注意力集中到那件事上，任何人永远都无法击中看不见的目标。"

智慧博客

　　明确的目标是取得成功的重要部分，若想登上成功之巅，就不要在登山过程中被沿途的美景所吸引，忘了原本的路，只有集中精力方能踏上成功的巅峰。

茶 之 性

流 沙

拜访一位老者，老者泡茶给我喝，这茶叶有种淡淡的兰花香，喝起来醇香可口。

不料，老者却说："呀，真对不住了，我取错茶叶了。"

于是，他从另外一只茶罐中取出茶叶，又泡了一壶，说："你刚才喝的是去年的旧茶，现在的才是新茶。"

我问："如何辨别新旧呢?"

老者说："我只须看茶叶的形状，在水中像在茶树上一样生长的一定是新茶，而一旦浸入水中就杂乱无章的就是旧茶。茶叶其实也是有灵性的，它就像一个人，一开始不管遭遇了什么，它总是尽量保持

着性格，轻易不会改变。但随着时间的推移，它就会慢慢失去自己的品性，最后只会成为这样一种茶——只能用来解渴的茶。"

这个世界上人的品性为什么高低不同？有时候不是因为你自身的问题，而要看在生活的这口锅里，你的灵魂被揉炒了多少回。

智慧博客

社会就像一个大熔炉，将每个人身上原有的个性和特点进行熔炼。有些人在此过程中渐渐失掉了最初的自己，被同化成了世故圆滑的一类；而另一些人在将自己的不足悉数改掉的同时，保留了自己的特点和本色，成为了社会中受人喜爱而又个性鲜明的一类。在茶中细品做人道理，别有一番滋味。

百科探秘

酒后驾车是指驾驶人员血液中的酒精含量大于或等于每 100 毫升 20 毫克，并小于每 100 毫升 80 毫克，如酒精含量大于每 100 毫升 80 毫克则为醉酒驾车。

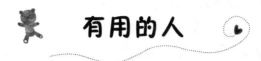

有用的人

王鼎钧

哥哥是教授，弟弟是律师，哥俩平时分居两地，不常见面。一天，哥哥来看弟弟，弟弟正在怒冲冲地研究一份文件。

"你看他们这样利用我，我要告他们！"

哥哥看见的是一家孤儿院向社会募捐的启事，发起人里有弟弟的名字，而这位律师显然事先并不知情。哥哥对着大发雷霆的弟弟喷烟圈，眼睛望着天空，半天才说话："还记得吗？母亲一直勉励我们要做一个有用的人。"

"当然记得。我一直在努力。"

"什么叫做有用的人？"哥哥问。

　　"学问充实，品格端正，身体健康，能主持公道，维护正义。难道这有什么不对吗？"弟弟反问。

　　"当然对！但是你只知其一，不知其二。所谓有用的人就是一个有资格被人利用的人。恭喜你今天被人利用，这证明你的奋斗已经大有成就！"弟弟茫然不解。哥哥对他说："功业愈大，名望愈高，愈难免受人利用。怕人利用的人成不了大事。"

　　弟弟逐渐心平气和，问道："那么我该怎么办？"

　　"把这家孤儿院的院长请过来，支持他募捐，并且帮助他建立制度，好好保管、使用这笔钱。"

智慧博客

> 　　社会总需要一些有用的人，做积极的榜样，给予他人帮助，为社会营造积极的氛围……当你发现自己被他人利用了时，请不要气愤，那说明你是一个对社会有用的人，请尽自己的能力为社会和他人贡献一份力量。

转经筒边上

鲍尔吉·原野

克孜勒是俄联邦图瓦共和国的首都，人口只有几万人。市中心是广场，周围有列宁像、总统府和歌剧院，中央立一座亭子，赭红描金，置一个大转经筒，高过人，两米宽。克孜勒的市民清早过来转转经筒，这是个全民信仰喇嘛教的国家。

人说，转经筒里装粮食，有谷子、高粱、麦子、玉米和黑豆。

我来到时，转经的人都走了，该上班了。一位老汉坐在亭子台阶上，手拿马鬃小刷子和一个布袋。他拂扫经筒附近地上的浮土，归拢成小堆，捧进袋里。亭子地面已经很干净。过一会儿，老汉又去扫土。他可能在这里保洁。不过，这个刷子太小了，只有两个牙刷那么大，手柄很好，象牙做的。

待我要走时，老汉先走了。他把布袋和小刷子揣进怀里，背着手，步态蹒跚。袋里的土也就二两多。

我上前，请教老汉在做什么。老汉目光转过来，清澈之极，我们勉强用蒙古语对话，但我主要还是使用肢体语言。一番交流得知，他不在这里搞卫生，只是把土收藏回家。

为何收藏转经人鞋上的土呢？

他比划着：家不远。明天在这里见面，邀我去他家。家里有花。花朵有鸡蛋那么大、香瓜那么大。

噢，他用这些土栽花儿。四方人脚下的土栽出不平凡的花儿。次日此时，我等老汉，没等到，欲归。一个小孩从广场西边跑过来拽我衣裳。

我随小孩来到一处平房人家，老汉在门口迎接。院子里，我看到细长的红花、鸡矢藤、蓝色的桔梗花，还有层层叠叠的虞美人。可是，这不会是用扫来的土栽的花吧？我意思是说，这么大一个院子的土，扫不来。扫来的土应该在盆里。我比划——盆。老汉——没有盆，只有土地。

我忍不住起身模仿他扫土、转经筒、拿布袋子。老汉恍然大悟，领我进入一个小屋。墙上挂布达拉宫的绒织壁画。老汉小心地揭开壁橱的布幔，一排小佛像出现在眼前：它们用扫来的土烧成。老汉用手语表示，这些佛像将放到各地的庙里。他送我一尊，嘱我放在中国的寺院。花和转经筒边的土，原来是两回事。

回国后，我心中有些不解，以脚下土制佛像，有些不敬吧？

一天，恰逢机缘请教了一位大德。他说："佛向八方去，人自四

面来。土最卑下，脚下的土更卑微。人的心念就在脚下，土带着各种人的心念，如今烧成佛像，土和心都安静了。甘于卑下，正是佛教的真义。"

这尊佛宁静微笑，如沉浸无上欢喜之中，并无卑下，只有浑朴。我把佛像留在了这座庙里。

智慧博客

> 人的心中有着许多的欲望，它们使人不甘卑微，使人高傲不羁。正是因为如此，人的欲望永无止境，人才去追求名声，去追逐利益。有的时候，我们可以放低高傲的心，让心灵去体会真正的平静与安宁。

百科探秘

我们平常所说的油漆只是涂料的一种。涂料指涂于物体表面，在一定的条件下能形成薄膜，具有保护、装潢或其他特殊功能的一类液体或固体材料。

水到哪里去了

纪广洋

烈日炎炎的盛夏中午，心慧禅师端着半碗水，领着一个沙弥、一位比丘，来到寺院里的一块巨石上面，开始静坐参禅。那浅浅的半碗水放在他们面前的石面上，在烈日熏风中漾着微波。

师徒三人一直静坐着，阳光最毒时，每个人都汗流浃背。汗水滴落到滚烫的石面上，仿佛能听到"嗞嗞"的蒸发的声音。可是师徒三人，始终都纹丝不动，只是静坐参禅。

直到太阳落山，碗里的水被蒸发得无影无踪时，心慧禅师才慢慢地睁开迷蒙的双眼。他看见眼前那个空空如也的碗，不禁疑惑地问道："碗里的水呢？水到哪里去了？"

沙弥和比丘闻言，也睁开了眼。他们同样迷惑不解，于是也不由问道："水到哪里去了？水到哪里去了？"

师徒三人的声音引来了许多沙弥和比丘，他们纷纷询问事情的缘由。打坐的比丘说："师父的半碗水忽然不见了！"打坐的沙弥说："师父的碗就在面前放着，碗里的水自己就没有了，才一下午

的工夫。"

就在众人被他们弄得一头雾水,议论纷纷时,老方丈走过来了,他用手一指天边的云霞说:"水到那里去了,你们三人回房休息吧。等阴天下雨时,你们三人把碗端出来,水还会回来的……"

这时,众人才回过味儿来,甚至有些顿悟了。他们约好明天若是晴天,他们也来静坐参禅,也来体会化水为云的禅机。

 智慧博客

> 世间之事总是在循环往复中进行。所以不必为眼前的"失去"而担忧,"千金散去还复来",只要坚定信心,继续努力,成功终会来临。

 百科探秘

纳米级结构材料简称为纳米材料。是指其结构单元的尺寸介于 1 纳米 ~100 纳米之间。纳米材料大致可分为纳米粉末、纳米纤维、纳米膜,纳米块体四类。

没有钱,还有什么可以布施

何 来

一个人跑到释迦牟尼佛的面前哭诉。

他说:"我无论做什么事都不能成功,这是为什么?"

佛告诉他:"这是因为你没有学会布施。"

他又说:"可我是一个穷光蛋呀!"

佛回答他:"并不是这样的。一个人即使没有钱,也可以给予别人7样东西:

第一,颜施,你可以用微笑与别人相处;

第二,言施,对别人多说鼓励的话、安慰的话、称赞的话、谦让的话、温柔的话;

第三，心施，敞开心扉，诚恳待人；

第四，眼施，以善意的眼光去看别人；

第五，身施，以行动去帮助别人；

第六，座施，乘船坐车时，将自己的座位让给他人；

第七，房施，将自己空下来的房子提供给别人休息。"

佛最后说："无论谁，只要有了这7种习惯，好运便会如影随形。"

智慧博客

> 为善之事没有大小之分，即使你一贫如洗，也可以给他人以微笑，待他人以真诚，以一颗善良、乐于助人的心对待他人，在他人悲苦之时做一个依靠，给他人安慰和快乐，那你终将获得心灵的满足，并会给你带来意想不到的收获。

百科探秘

混凝土是土木工程中用途最广、用量最大的一种建筑材料。按预定性能设计和制作混凝土，研制轻质、高强度、多功能的混凝土新品种是未来混凝土的发展方向。

亲爱的鲨鱼

张鸣跃

他生在海边。6 岁那年的一天，他自己潜入水下，追戏一群小鱼，忽然遇见一条大鲨鱼。他知道鲨鱼的厉害，吓傻了，那鲨鱼却只是静静地盯着他，好像在好奇对面这是什么东西。还好，他手中的叉子上叉着一条小鱼，就慢慢地伸了过去，说："鲨鱼叔叔，别吃我，我请你吃鱼……"鲨鱼看了看他，转身慢慢游走了。

后来，他常常偷偷下水去找那条鲨鱼。鲨鱼撞见他时，还是那样静静地看着他，他再叉鱼给它时，它竟吃了。过了一段时间，他竟可以摸它的嘴和滑滑的背了，鲨鱼总是有点矜持地任他抚摸一阵，才慢慢离去。

11 岁那年的一天，他在海边忽然看见父亲正把一条鲨鱼拉上岸，

鲨鱼背上的渔叉在摇晃。他大哭着扑了过去，疯了似的推开父亲，拔掉鲨鱼背上的鱼叉，用力将鲨鱼推回海里。

回到家，他告诉父亲真相。父亲没说什么，只是从那以后不再捕杀鲨鱼，那一带后来成了鲨鱼保护区。

父亲在他 19 岁那年去世

了，之后，他生活中最大的乐趣就是和鲨鱼做朋友。他从来不用氧气瓶，只通过一根潜水管来呼吸。他可以通过搅动海水召唤鲨鱼向他游来，这些凶猛的动物在他面前好似一群温顺的绵羊。

他成了当地的传奇人物，他和鲨鱼的亲密相处成了震惊世人的一道奇景。他叫沃尔夫冈·利安德尔。2008年7月19日，记者对这位鲨鱼的"老友"说："你为何要征服鲨鱼?"老人意味深长地一笑，说："人能和鲨鱼亲密无间，这世上还有什么生灵不可以成为人类的朋友?"

 智慧博客

世间万物都是上天创造出来的作品，每一种生灵都是一个奇迹。请不要认为人类是地球的主宰，是高于其他生物的种群。人只是这个美丽星球上众多生物中的一种，人与其他生物是平等的，是相互依存的。

猜 马

张 前

在美丽的呼伦贝尔大草原，曾出现过一位很有名的画师达尔提。达尔提是一位长者，擅长画马。

达尔提画的马，与别的画师画的马不同。达尔提的马是靠猜的。雪白的画纸上，只寥寥几笔，仿佛孩童的涂鸦，若不细看，一般人肯定想不到他画的是马。但若能坚持把玩三天，赏者便觉画中之马仿佛从远古的苍茫浩瀚中奔来，如飞龙在天，似江河行地，别具一番神韵。

因此，达尔提成了那个时代画马的高手。

当时，有一个青年，也想学习画马，并梦想着能成为像达尔提那样的大家。青年为之努力了三年，觉得自己的马画得不错了，便拿到集市上卖弄。许多人由于没有见过真正的绝品，便夸赞青年的马画得好。渐渐地，青年开始扬扬得意起来，并认为自己的画超过了达尔提。

有一天，一位破衣烂衫的老者骑着马来到青年人的画摊前。青年

赶紧抖开自己的画作让老人品评。谁知，那老人只看了一眼，就策马离开，嘴角带着轻蔑的一笑。等到老人绝尘而去，有人告诉青年，这个人就是名噪一时的画马高手达尔提。

青年很不服气，他决定和

达尔提比试一番。为此，他花了一个月的时间画了一匹英姿飒爽的骏马，那匹马活脱脱驰骋于画纸之上，即使内行人看了也为之赞叹不已。

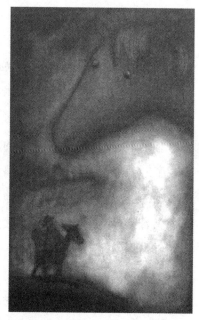

青年人信心百倍地把画作拿给达尔提看，心想，达尔提一定会折服的。谁知，当青年找到达尔提并说明来意的时候，达尔提连看也没看一眼，就将画作扔在地上。达尔提拿出一张纸一支笔，凝息片刻，轻轻地闭上眼睛，只见笔走龙蛇，顷刻间纸上出现了一条曲线和一个圆圈。老人把这张纸送给青年，并不置一语。

青年回家后，把达尔提给他的"画作"挂在蒙古包内，日夜观看，但并不解其中意思。

转眼 10 年过去了，达尔提去世了，青年自认为自己已经成为草原上名副其实的第一画师。

有一天，酒过三巡的他翻开以前的画作欣赏，他越看越满意。忽然，翻到最底层，他发现一张纸上画着一条曲线和一个圆圈。于是，他拿出笔来，观察了半天，感觉这条曲线正好可以做一匹飞扬的骏马的脊背，他试着往下勾勒，很快一匹马跃然纸上。最后一笔是马的蹄子，青年忽然发现，那个圆圈正好是这匹飞扬着的骏马踏空的马蹄的神来之笔！

青年忽然想起这张纸不就是当年达尔提送给他的那张纸吗？他惊呆了！原来，当年的画师是要告诉他：画马，首先心中要有一匹完整的马！表面的形似和内心的神似其实有着天壤之别！

青年汗颜得无地自容。直到这时，他才慌忙找来达尔提当年的画作细细研究起来。他发现，达尔提的画看似貌不惊人，其实，其中包含的韵味是无与伦比的，达尔提是在用心作画，而自己仅停留在事物的表面上！青年撕毁了自己创作的所有画作。他住到了马厩里。

从此，人们发现，青年像疯了一样，朝夕和马相处在一起。有时，人们会听到青年像马一样嘶鸣，有时，人们会看到青年手脚并用，学习马奔跑的姿势。

若干年后的一天，草原上的人们在青年曾经住过的马厩里惊奇地发现了一张画作，那张画作的整体布景是一片云彩，云彩的上方有一段飘动的缰绳，下端是半截踏地的马蹄，马在云里若隐若现，10 步之外的人看了，都仿佛能听到马凄烈的嘶叫，这幅画颇有当年草原画师达尔提马作的遗韵，只是，这匹藏在云端里的马用不着费神去猜，连三岁的孩童也能一眼就看出这是一匹舞动的骏马！

这幅无姓无名的画作后来被称为草原上的第一画作。只是，因为它的珍贵，被人们争来夺去，到现在，已无人能找寻到它的踪迹。

智慧博客

真正的好画不在于形似，而在于神似。它能给人以置身其中的快感，让人可以恣意想象。停留在表面的美，总让人觉得肤浅，还未来得及细品便已觉得寡淡无味。而只有真正的美才能够经得起时间的推敲。

百科探秘

光化学烟雾主要是由于汽车尾气和工业废气排放造成的，这些废气吸收了太阳光的能量后，会变得不稳定起来，使原有的化学链遭到破坏，形成新的物质。

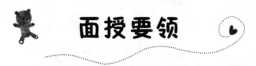

面授要领

谢志强

这天，灵训突然动了一个念头：下山。

灵训已在庐山归宗寺参学 13 个春秋，总在迷茫中，思来想去，念头一生，他迫切要下山。临行前，他当然要去归宗禅师那儿告辞。

归宗禅师问："你打算去哪儿?"

灵训答："行脚云游。"

归宗禅师说："你在此参学 13 年，今天说走就要走，我该给你谈一次禅道要领了，这样吧，等你打点好行李，再来我这儿。"

灵训返回寮房整理了行李，立即去归宗禅师的禅房。

归宗禅师说："再近些。"

灵训站到归宗面前，准备聆听他多年期待的面授。

归宗禅师轻轻地说："天寒地冻，一路珍重。"

灵训恭敬地立着，一脸期待。

归宗禅师拂拂手，说："你不是要下山吗，还呆站着干啥？"

灵训迷惑了，说："师父不是要给我开示吗？"

归宗禅师说："难道还要我给你喂我嚼过的饭食吗？"

灵训忙叩首："弟子愚钝。"

归宗合目，说："下山吧。"

 智慧博客

　　经验有如人生路上一盏常伴身旁的明灯，照亮前路的方向，使人免于异途的危险。但是，经验是要由自己亲身经历过才能获得的，他人的经验总有其特殊性，不一定适合你的，所以对于他人的经验，只能参考地借鉴，不能不加思考地照单全收。自己的路还是要靠自己一步步踏实地走过。

大师的高度和低度

苏眙晖

20世纪20年代，梅兰芳以《霸王别姬》名震京华，尤其是他扮演的虞美人，所舞剑法轻灵秀美，令人拍案叫绝。然而，在梅兰芳精彩的演出背后，却隐藏着一段鲜为人知的故事。

一次，梅兰芳演出他的成名之作《霸王别姬》，台下观众赞叹不绝，连声叫好。这时，前排的一位老者却突然起身，大声说道："什么名角，徒有虚名！"在众人惊愕的眼神中，老者迅速退场。演出结束后，有人把这件事告诉梅兰芳，梅兰芳不禁暗暗吃惊。要知道，当时的梅兰芳正处于鲜花和掌声包围之中，业内业外皆是交口称赞，一个普通老者竟然如此出言不逊，着实让人难以接受。周围的人都劝他："算了，别跟无名之辈计较，那可降低了你的身份。"梅兰芳说：

"计较当然不必，但也不能算了。我一定要找到他，向他讨教。"此后，在繁忙的演出之余，梅兰芳托人四处打听，终于了解到，老者叫朱山东，住在北京云居寺。

尽管大家都劝梅兰芳不要听信一个老头的胡言乱语，他还是决定前往云居寺拜访老者。见到老人时，老人正在庭院舞剑，梅兰芳深鞠一躬，虔诚地说道："晚生梅兰芳，戏演得不好，多有得罪，今日特地前来请教。"老者凝视他片刻，微微点了一下头，淡淡地说道："哪里，你名震四方，是名角，老生岂敢指教。"听了这话，梅兰芳没有生气，也没有退却，而是又鞠一躬，更加谦恭地说："人外有人，天外有天。晚辈一心只愿中华国粹能够发扬光大，若承蒙您能指点一二，将不胜感激。"听到梅兰芳如此的肺腑之言，老者颇为感动，邀请他进屋说话。言谈中，梅兰芳情真意切，并第三度鞠躬，再次恳求老者赐教。老者感叹："你的三次鞠躬让我看到了你为人的高度。"于是他把梅兰芳慢慢扶起，这才娓娓道出他对戏曲的看法："你演的《霸王别姬》确实很精彩，但是有一点不足。你可清楚，虞姬是美人，而你扮演的虞姬舞的却是男人剑法，这与虞美人的身份不相称呀!"

梅兰芳听后顿觉醍醐灌顶，当即跪拜："您若不嫌弃，晚生愿拜您为师。"老者一边口中念叨着"岂敢岂敢"，一边扶起梅兰芳，起初冷漠的眼神变得温和，并且洋溢着欣赏与赞叹。

此后几个月，梅兰芳常来云居寺学剑，在老者的指导下潜心研究不同的剑式，细心领悟模仿不同舞者的特点。经过一番学习，他的剑法与动作成为刻画人物的一种"帮助"和"点睛"，各类剑法都学得惟妙惟肖。从此，他的表演又锦上添花。

人们总是仰慕高山的雄伟，却遗忘了山谷的深广。对于梅兰芳来说，别人把他看得比山还高，他却把自己降得比谷还低。高山仰止，虚怀若谷，这就是大师的高度和低度。

智慧博客

真正的大师立于泰山之巅，亦心含山谷之深广。不为他人赞言而迷失自己的路途。为了自己的追求，要如雄鹰翱翔于浩瀚云端，亦可俯降天空，或立于岩石之上。

每一步都是人生

山道上的木橛

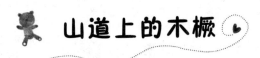

纪广洋

寺院大门外山道上，不知道为什么有个露出地面寸余的木橛。

几个化缘归来，或者刚刚出门的僧人都被它绊了一下，他们跑到方丈的禅房，向通一禅师汇报木橛的情况。

通一禅师对其中一个汇报者说："召集全寺僧侣，我们一起去看看是怎么回事！"

于是，全寺的僧侣都跑去看木橛，然后又都聚集到方丈室，一并汇报情况。

有的说："就是一个普通的木橛而已。"有的说："可能是谁埋在

那里的。"有的说："这里面肯定有原因。"还有的说："是有坏人故意使坏，故意捣乱的吧？"

通一禅师听完众人的汇报，带领一班人来到那个木橛处，二话没说，弯腰拔起那个木橛，扔到山沟里去了。然后问众僧："哪有什么木橛啊？都大惊小怪的！"

 智慧博客

　　解决问题最有效、最快捷的方法就是行动，当问题出现时，与其费时于猜测缘由、分析情况、妄下结论，莫不如用切实可行的方法立时行动，解决问题。

 百科探秘

　　山地自行车运动起源于美国，是美国青年为了寻求刺激，在摩托车比赛的越野场地上骑自行车进行花样比赛，由此而派生发展起来的车型。最早骑山地自行车进行越野的，是一位美国加利福尼亚大学的学生斯科特，他是第一位将普通自行车改装成山地车式样的人。

以愚困智

赵彦峰

北宋时，有个叫徐铉的人以博学多才闻名于世。一次，江南选派徐铉进京纳贡。按照惯例，朝廷要派一位陪同的押伴使。朝中众人都因没徐铉的学问大，怕被他耻笑而不敢前往陪行，宰相也感到有些棘手，只得奏请宋太祖定夺。

宋太祖深知徐铉的学问和为人，便传旨要求呈上一份不识字的殿侍名单。宋太祖看了一眼名单，用笔随便一点说："此人可以。"众大臣颇感惊讶，皇上怎么会派一个如此愚笨的人去陪同满腹经纶的徐铉呢？

被点名的殿侍还没弄清楚是怎么回事，就被糊里糊涂地派到了江南。当这位殿侍陪伴徐铉上路后，从渡江开始，徐铉便妙语连珠、语惊四座，令同船的人叹服不已，唯独陪同他的这位殿侍默不做声，除

了点头应是，其他时候都是一言不发。徐铉好生奇怪，不知这人学问深浅如何，便饶有兴趣地与他攀谈，卖弄自己的学问，满以为这样会使对方感到自惭形秽。谁知殿侍仍旧点头称是，既不发意见，也

不回答问题。这样一连几天，徐铉深感没趣，傲气渐失，只好乖乖地随同殿侍来到京城。

宋太祖的过人之处就在于以愚困智，如同一记强劲的"霸王拳"打过来，却打在一团棉花上，力量瞬间即逝，无影无踪。

 智慧博客

　　世间万物相生相克，每一种事物必有其对立之物存在，这就是宇宙的神奇所在。正如至刚之物以柔相克，去其劲力；至智之人以愚相制。去其骄纵，要懂得巧妙地利用这种规律，才能事半功倍。

百科探秘

　　汽车刹车时，车上的人会不由自主地向前倾，这是"惯性"的作用。惯性是指物体保持原来的静止或运动状态的性质。

把每一个水滴都砸向同一个地方

清风慕竹

一个人倘若身陷囹圄，既失去了身体和精神上的自由，又缺乏一切有所作为的必备条件，还能期盼他做出什么成就来呢？可往往一切奇迹都孕育在这种不可能中。大家熟知的基督山伯爵的传奇故事，正是源于他在监狱里的一次机缘，在那里，他遇到了一位奇人——一个博学的意大利学者，正是他给了基督山伯爵以知识和财富。

看看这位曾饱读诗书的老人，在面对监狱的潮湿、黑暗和孤独时都做了什么吧。除了利用床铺上的角铁等材料制作了凿子、钳子、撬棍等工具，挖掘了五十多尺长的地道外，他最重要的事情就是研究和写作，创作了一部大部头著作：《论在意大利建立统一王国的可能性》。在监狱里进行写作，最基本的笔墨纸张从何而来呢？智慧！他

发明了一种药剂，涂在布上，就造出了像羊皮纸一样光滑的纸张。利用这种方法，他把两件衬衣变成了最好的造纸原料；在他居住的地牢里有个被砌死的壁炉，里边结了厚厚的油烟，他把油烟溶解在每礼拜天给犯人提供的一点酒中，就制成了极好的墨水；而笔则是改善犯人伙食的大鳕鱼的头骨，把软骨下端

126

修成喙状，尖端有劈缝，绑上一个细棍，就成了一只如同羽毛笔一样好用的书写工具。

当时还是年轻小伙子的基督山伯爵对这一切惊讶不已，由衷地感叹道："您做到这一切，运用了巨大的聪明才智。如果您是自由人，还有什么办不到呢？"可是老人却对他的感叹摇起了头："也许一事无成，我这过于旺盛的脑力可能无谓消耗了。人类智力的某些神秘宝藏需要经受磨难才能发掘；同样，火药需要加强压力才能爆炸。我的各种潜力本来到处浮游，因为囚禁的生活才集中到一点，凝聚在狭小的空间。你也知道，乌云相互撞击就生电，由电而生闪电，由闪电而生亮光。"

这就好比水滴石穿，当每一滴微弱的水都执著地砸向同一个地方，它就能够聚集穿石凿山的力量，将看似不可能的事变为可能。

智慧博客

牡蛎用柔软的身体忍受着沙砾棱角的刺痛，经过漫漫岁月的忍耐孕育出光彩圆润的珍珠。人生亦是如此，只有历经磨难才能让智慧的光更加闪耀；只有坚持不懈，凝聚每一滴力量才能创造出不朽的人生奇迹。

百科探秘

你知道汽车的设计过程吗？首先要制定产品开发规划，然后才能进行初步设计，最后才进行技术设计。

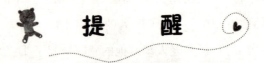

提　醒

[日] 吉田兼好　文东　译

　　一位攀树的名手叫某人到树的高处去砍伐树枝，当攀树的人爬到很高的地方时，他在下面一言不发；当攀树的人下到屋檐高矮的地方时，他才说："小心点，别掉下来了。"我好奇地问他："已到此处，一跃而下都无妨，为何还提醒他呢？"

　　他回答说："恰好要在此处提醒呢。人到了高处，会感觉头晕目眩，看着又高又细的树条，自己都会警惕起来，所以不需要提醒。但失误多出现在感觉轻松的地方，所以必须提醒他。"

智慧博客

　　处于薄冰之上时尚能谨慎小心，而处于平地之上时常常跌入陷阱。如瀚海行船，能经受暴风雨的洗礼，却容易在平静之地触礁翻船。因此，在没有到达成功之岸时，要时刻警惕，切不可因放松而功亏一篑。

手中的禅意

吕志宏

一位后生到寺中向方丈求教，谈起世态炎凉，他颇有感慨："大师，人与人之间的关系太复杂了，不是尔虞我诈，就是虚伪以对，实在是没意思。请问这是为什么？我该如何对待呢？"

此时，恰闻树上有鸟儿啼鸣。接着，有零星的鸟粪落下，差点儿沾到后生身上。后生举手指着鸟儿怒叱："该死的东西，没长眼睛！"

"善哉善哉！"：疗方言道，"施主，看看你伸出的手——道理就在其中。"

后生看着自己伸出的手——食指指向树上的鸟儿，大拇指指向天空，中指、无名指、小指则很自然地指向自己。

看着后生纳闷的样子，大师解释道："你瞧，你指责鸟儿的手形，意味着指责别人的手指是一个，而指责自己的手指是三个，也就是说假如要指责别人，那么自己首先要承担三倍的责任。严于律己、宽以待人，人情世故就不再是你看到的这个样子了。至于那个指向天空的大拇指，则意味着还有一些事情是谁也没想到的，而

129

且也说不清楚的，于是只好由上天来裁决了。"

方丈望着树上啼鸣的鸟儿，接着说："鸟儿是无辜的，因为树木本来就是飞禽栖息之处，有鸟粪落下来是很自然的事，怪只怪我们站错了地方。世间万物没有绝对的对与错、是与非，所以也没必要凡事都分个高低、争个胜负，退一步则海阔天空。"

智慧博客

在人与人们相处中，人们常常觉得世态炎凉，其实，这是因为漫漫浮尘遮挡了发现自己不足的眼眸，遇事莫要将错误都怪于他人，要懂得退让，对他人心生抱怨时请先想想自己的所为是否周到。

百科探秘

《古礼》曰：道路男子由右，妇女由左，车从中央。说明我国远在秦朝就有男子右行、妇人左行、车行中央的遵路通行规定。

如虫御木

云　峰

有一次，灵佑禅师坐在百丈禅师身旁。

百丈禅师问道："谁?"

灵佑禅师答道："灵佑!"

百丈禅师说道："你拨一拨火炉中，看看还有火没有?"

灵佑禅师在炉中拨了拨，然后回答道："无火。"

百丈禅师站起来，走到炉边，用火钳在炉中深深一拨，拨出一点火星，取出来给灵佑看，然后说道："你说无，可这个不是火吗?"

灵佑禅师说道："我知道是有，只是未能深深一拨!"

百丈禅师说道："这只是暂时的歧路。经典上说，要了悟佛性，当观时节因缘。时节因缘一到，如迷忽悟，如忘忽忆。那时才知道自己本来一切具足，不是从外而获得的。所以，祖师说'悟境同未悟，无心如有心。凡圣虚妄，本来心法，原自备足'。你现在已经如此，好好保护并把握它吧!"

第二天，灵佑禅师随同百丈禅师入山出坡（劳动服务），百丈禅师问灵佑禅师

道："火种带来了吗？"

灵佑禅师答道："带来了。"

百丈禅师追问道："在什么地方？"

灵佑禅师捡起一枝柴，吹了两下，交给百丈禅师。百丈禅师欢喜地说道："如虫御木，偶尔成文。"

智慧博客

在成功之路上匍匐前行的人们，不要抱怨路途漫长，终点无望，只要心怀信念，执着坚持，下一步你可能就立于成功的殿堂。正如牡丹的花苞尚在酣睡，一旦阳光雨露充足，它们就会绽放出属于自己的雍容华贵。

百科探秘

目前，全世界已有八十多个国家和地区拥有高速公路，通车总里程超过了二十三万千米。从里程上排名：第一名是美国；第二名是中国；第三名是加拿大；第四名是德国；第五名是法国。

佣人的智慧

马凤文

一家公司陷入财务危机，董事长被要求退股的股东们堵在家中，方寸大乱。

这时，董事长家里的佣人走了过来，说："先生，我能帮您争取些时间！"董事长看了看其貌不扬的佣人，有点不敢相信，但他又无计可施，便点点头说："好吧，如果你能把这些人劝走，我可以让你做我的顾问。"

佣人来到门外，面对股东们的谩骂，始终心平气和、一言不发。等大家骂累了，他才开口道："抱歉，董事长积劳成疾，需静养几日，请大家还是离开吧！"

股东们刚要继续嚷嚷，又怕董事长长病不起，更难讨债，只好作罢，纷纷散去。董事长不知佣人用了什么魔法，竟摆平了那些难缠的股东，不禁暗暗佩服，接着就集中精力开始筹款。

没几天，股东们又堵住了董事长的家门。佣人看到这种情形，不慌不忙地走到外面，面色凝重地宣布："先生们，董事长已病入膏肓，但他许诺 10 天后一定还清债务！"

　　人群中一下炸开了锅，大家议论纷纷，质疑道："我们凭什么相信你？"佣人扫视了一下众人，沉稳地回答："我是董事长的高级顾问，如果有什么意外，我负全责！"人们沉默了一会儿，只好各自散去。

　　不久，部分贷款到了。可董事长却面有难色地说："如果这些钱全都用来还债，那公司就没法起死回生了。"

　　佣人想了想，胸有成竹地说："先生，相信我，交给我好了！"

　　10天后，情绪激动的股东们如约而至。佣人却一改凝重的神情，高兴地宣布："董事长已经痊愈，还筹到了贷款，公司马上恢复运作，股票肯定会增值，退不退股，你们自己决定吧！"

　　这时，股东们都已相信，一个在死亡面前都不曾背信弃义的人。恢复健康后就更值得信任了，于是纷纷保留了股份。

　　不久以后，董事长的公司就起死回生了，佣人也成了名副其实的顾问。

智慧博客

　　危机是使人们走向低落和失败的魔鬼，却也是一些人跃向成功、改变命运的踏板。当危机来临、命运跌落悬崖之时，真正的智者临危不惧，他们不会抱怨命运的捉弄，而是用敏锐的目光发现危机中的转机，利用自己的聪明才智扭转局势，收获更大的成功。

百科探秘

　　1900年，莱特兄弟就开始致力于飞机的研制工作。他们经过不懈地努力，最终成功研制了人类历史上第一架动力飞机——"飞行者1号"，实现了人类渴望已久的飞天梦想。从此经后，人类进入了飞行时代。

模仿产生不了大师

[巴西] 保罗·科埃略　陈荣生　译

一位学生非常喜爱和钦佩他的老师，决定时刻都要关注老师的行为，他相信，如果老师做什么他就做什么，那么他就有可能获得老师的智慧。

老师总是穿白色衣服，他也总是穿白色衣服。

老师是素食者，他就停止吃肉，用蔬菜和草药取代肉类食品。

老师是生活简朴的人，他就决定作出牺牲，开始睡草席。

经过一段时间之后，老师注意到了学生的行为变化，就问他为什么会这样。

"我正在起步攀登高山，"学生回答，"白色衣服表明我在寻求简

朴，素食在净化我的身体，缺少舒适让我只想精神方面的事情。"

老师笑了笑，把他带到一片田野，一匹马正在那里吃草。

"你把所有的时间都花费在观看你身外之事上了，其实这是最无关紧要的。"老师说，"你看到田野里的那个动物了吗？它的皮肤是白色的，吃的也只是青草，睡的是马棚里的草床。你想它可能会有一张圣人的面孔吗？或者哪天它会成为一位真正的老师吗？"

智慧博客

一位伟大的先者能为人们迈向成功指明方向，但是，不要总是在他们曾经走过的路上徘徊，或者仰视他们伟岸的身姿，要敢于超越他们的步伐，攀上他们的肩膀去争取他们未曾到达的高度，只有这样才能以崭新的步履潇洒地谱写自己的辉煌篇章。

浅根与大器

新 月

在有名的加州红杉林前，观光客们看着那高耸入云，如同沉默巨人的一棵棵红杉，有的瞠目结舌，有的惊呼出声。

"加州红杉是目前世界上最高大的植物，最高的有 90 米，相当于三十几层楼的高度。"导游介绍说。

"能长这么高，那它们的根一定很深吧？"一个观光客问。

"不！加州红杉是浅根型植物。"导游回答。

"那狂风暴雨一来，不是很容易就被连根拔起吗？"另一个观光客好奇地问。

导游说："这里面有一个奥秘！就像你们所看到的，加州红杉都是成群结队长成一片森林，在地底下，它们的根紧密相连，形成一片根网，有的可达上千顷，除非狂风暴雨大到足以掀起整块地皮，否则没有一棵红杉会倒下。"

此时，观光客都为这自然的神奇而陷入沉思。

"因为不必扎太深

的根，红杉就将扎根的能量用来向上生长。而且，浅根也方便它们快速、大量地吸收养分，这是它们长得特别高大的另一个原因。"导游说。

慧根短浅，同样可以成大器；没有专长，更应该广结善缘。

智慧博客

世界上没有完美的人，能力有限的人也可以铸成大器。只要利用有限的力量和一颗善良的心，乐于帮助他人、敢于信任他人，即使能量有限，亦能茁壮地成长。

百科探秘

据统计，经过一次空中加油，轰炸机的作战半径可以增加30%，战斗机的作战半径可增加40%。世界上拥有空中加油机的国家和地区有二十余个。

与大师论道

尹玉生　编译

日本有一个年轻的佛家弟子，熟读了许多佛典，拜访了一个又一个佛学大师，在他自认为已经通晓了佛学要义之后，他决定去找著名的洞空大师，与之论道。

为了给洞空大师留下一个深刻的印象，他自负而神气地对大师说道："我研究佛学很多年了，我认为，佛学的根本要义就是万物皆不存在，一切现象的本质就是空，没有现实存在，也没有虚幻；没有圣贤，也没有庸者；没有给予，也没有接受；没有喜悦，也没有哀苦；一切都不存在。"

洞空大师静静地听着，悠闲地抽着烟袋，一句话也没有说。年轻人以为自己的言论说服了大师，继续滔滔不绝地发表着自己的看法。正当他得意扬扬说个不停的时候，大师突然用长长的烟袋杆在年轻人的头上敲了一下。年轻人被这变故惊呆了，继

而变得怒不可遏。他还没来得及质问大师,大师不紧不慢地开了口:

"年轻人,如果一切都不存在,"大师反问道,"那么你的愤怒又从何而来呢?"

智慧博客

人生在世,不要为自己有限的知识而沾沾自喜,目空一切,要知道宇宙的奥秘永无止境,而人的智慧与之相比则渺小如蜉蝣。无论何时,请保持一颗谦逊的心,只有谦逊才能用有限的智慧获得更加丰富的知识。

百科探秘

目前已研制成功和投入使用的隐形飞机机种有:稳形战斗轰炸机,隐形战略轰炸机、隐形攻击机、隐形战略侦察机,隐形武装直升机、隐形无人侦察机等。其审,典型代表当数 F－117A "夜鹰" 隐形战斗轰炸机和 R－2 隐形战略轰炸机。

"闪避"答问巧解难

周中根

在言谈过程中，我们难免会碰到对方提出的一些棘手问题，一时难以正面回答。这时，我们有必要采用一些巧妙的方法来加以回避，破解难题。下面，结合实例介绍几种"闪避"答问的言谈技巧。

借助谐音

乾隆皇帝微服私访下江南时，带了大学士纪晓岚在身边。一天，两人走得口干舌燥，纪晓岚看到路边有棵梨树，就摘了一个梨独自吃了起来。

乾隆皇帝很是生气，质问道："孔融 4 岁能让梨，爱卿得梨为什么不让呢？"

这时候，纪晓岚才发现自己失礼了，赶忙说："梨者，离也！微臣奉命伴驾，不敢让梨。"

乾隆皇帝又说："那你不能分给我一口梨吗？"

纪晓岚接着说："微臣有生之年，都将为皇上效命，决无二志，怎敢与陛下分离（梨）呢？"乾隆皇帝无可奈何，只能咽了咽口水。

避实就虚

俄国作家契诃夫成名之后，家里总是不断有慕名而来的人，有些人本来很浅薄，却故作高雅地提出一些难以回答的问题。

有一天，来了三位上流社会的贵妇人。她们一进来就力图表现出关心政治的样子，问契诃夫："安东·巴甫洛维奇，你认为战争将会怎样呢？"

"大概是和平。"契诃夫咳嗽两下后回答说。

贵妇人继续问道："当然啊！会是哪一方胜利呢？希腊人还是土耳其人？"

契诃夫回答："我认为是强的一方胜利。"

贵妇人打破沙锅问到底："那么照你看来，哪一方是强的呢？"

契诃夫笑了笑，说："就是营养好、教育水平高的一方。"

贵妇人们彻底没辙了。

以问代答

一次，《亚细亚报》记者万士同采访蔡锷。

万士同慢声细语地说："鄙报为国民之喉舌，我想请教一下蔡将军的政见！"

蔡锷指指嗓子说："有你这个喉舌就行了，我的喉咙生病了。"

万士同紧追不舍，寸步不离：孙中山、黄克强在海外宣布讨袁，将军是辛亥元勋，想必引为同调？"

蔡锷淡淡地说："中山先生的信徒给袁办筹安会，鼓吹帝制的也有。"

"对，对，此一时，彼一时也。不过，梁启超先生的大作《异哉所谓国体问题者》，你总该深表同感吧?"万士同继续追问。

蔡锷想了想，说："梁任公是我的老师，袁项城是当今国家之首，万事通先生，你说我该服从谁呢?"

万士同搔着头皮说："是啊，应该服从谁呢?"

就这样，蔡锷巧妙地回避了这个问题。

 智 慧 博 客

在言谈之中，棘手的问题总会出现，使人在难以回答却又不得不答的维谷中进退两难。这时，不妨巧妙地利用智慧，避其锋芒，就虚而言，方能在社交中立于不败之地。

百科探秘

研究大气环流的特征及其形成、维持、变化和作用，掌握其演变规律，有利于改进和提高天气预报的准确率，有利于探索全球气候变化的规律。

茶 道

杨永耀

日本茶道鼻祖村田株光是京都大德寺一休和尚的门下。

他因经常打瞌睡而自感不安，于是便向医生求药方。医生劝他喝茶治疗。此后他就不再有瞌睡的恶习了。然而他觉得喝茶要有一定的规矩，故而便逐渐定下规矩，这就是日本茶道的开始。

有一天，一休问村田："要以怎样的心境来喝茶呢？"

村田道："可以模仿荣西《吃茶养生记》所说的为健康而喝茶。"

一休又说："某和尚问赵州佛法的大意时，赵州回答'吃茶去'，您对这种回答有何意见？"

村田默然。

一休便叫侍立一旁的和尚端来一碗茶递给村田。

村田恭敬地端在手上。一休突然大叫一声，随手将村田手中的茶杯一掌劈落。

村田不吭声，对一休行了个礼后转身就走。

走到门口时，一休喊了一声"村田！"

村田应答："是。"

一休说："刚才我请教你喝茶的心得，现在我们撇开心得不谈，只喝茶怎么样？"

村田平静地回答："柳绿花红。"

一休听后颇为满意。

村田株光自此悟出了茶禅一味的真谛，创造了含有禅心的茶道。

 智慧博客

茶与禅一样，如果是为了世俗的目的去喝茶，则无法真正地体会茶中滋味，只有放下欲望，宁心静气，方能了悟茶中所蕴含的深刻哲理。

百科探秘

黑匣子实际上并不是黑色的，为了便于人们搜寻，它被涂上了鲜艳的橘黄色，或许为了形容它的神秘性，人们才将其命名为"黑匣子"。

每一步都是人生

廖 鸣

教授应邀去一个军事基地演讲，到机场迎接他的是一个名叫拉尔夫的士兵。

在两人去取行李的途中，拉尔夫先后三次离开了教授：第一次是去帮一位老奶奶拎箱子；第二次是将两个小孩子举起来，让他们能看见圣诞老人；第三次是为一个人指路。每次回来，他脸上都挂着微笑。教授问他："你是从哪里学到要这么做的？"

拉尔夫回答说："在战争中。"然后他讲述了自己在越南的经历。当时他们的任务是排雷，他亲眼看到几个亲密的战友一个个地倒

下了。

他说："我要学会一步一步地生活。我永远也不知道自己会不会成为下一个倒下的人。因此，我必须充分利用每次抬脚和落脚之间的间隙。我感觉到每一步都像是整个人生。"

 智慧博客

人生有限，而人永远无法预知自己生命的终结，它可能在多年以后，也可能就在明天。所以，要珍惜生命的每一分钟，用心去珍藏生命的美好，领会生命中每一个欢愉，品味其中的甘甜。

 百科探秘

安全是各种航空航天飞行器研制、生产、使用和保障的首要要求，也就是安全第一。一般来说，飞机的安全性还是很高的。

当52层的大厦落满鸽子

朱 晖

美国的碳化钙总公司斥巨资在纽约建起一座气势宏伟的大厦，本指望拿它出租赚钱，可就在即将竣工时，发生了一件意想不到的事：不知从何处飞来了成千上万只鸽子，它们栖息在大厦里，把鸽子粪、羽毛弄得遍地都是。

经理面色凝重，赶紧召集各部门负责人商议对策。

有人提议，火速增派工人驱赶鸽子，并雇佣大批清洁工打扫房间，切不可耽搁了工程的进度。经理对此犹豫不决：工程进度当然不能耽误，但是，为了盖这座大楼，公司已经负债累累，而清扫52层的高楼更是需要一大笔资金。这真叫人进退两难呀！

正在众人长吁短叹之时，公关顾问匆匆赶来，他说："我刚才到大厦现场查看了一番，这可是老天赐给我们的千载难逢的机会。"面对大家惊愕的表情，他说出了自己的三点想法，引得经理拍案叫绝，命令立刻落实下去。

第一步，公司关闭了大厦的所有门窗，不让一只鸽子飞走。

第二步，公司打电话通知"动物保护委员会"，请求他们协助处理这件有关动物保护的"大事"。"动物保护委员会"不敢怠慢，迅速派人前来指导抓鸽子。

最关键的当属第三步。

公关部电告美国各大新闻媒体：碳化钙总公司新建的 52 层高楼落满鸽子，为了保护好这些鸽子，一场有趣的捕鸽行动正在进行。对如此有卖点的新闻事件，媒体怎能放过？它们纷纷派遣记者进行现场采访和报道。

就这样，从捕捉第一只鸽子起，到最后一只鸽子落网，前后共花了三天时间。这三天中，各新闻媒体专门辟出版面对捕鸽行动进行了连续报道。碳化钙总公司因此名声大噪，不仅树立了良好的企业形象，新建的 52 层大厦也成为人们关注的焦点，许多人甚至驱车几十里前来观看捕鸽"奇观"。

没有花一分钱，碳化钙总公司完成了一次完美的宣传活动。等到鸽子抓捕完毕，求租大厦的意向书便如雪片般飞来。

智慧博客

危机与困境都是人生中不可避免的，而与其尽量躲避不如用正确的心态去面对。其实，危机中往往蕴含着转机，困境中往往暗藏着佳境，危机和困境也会带来意想不到的财富和收获。

百科探秘

各种雷达的具体用途和结构不尽相同，但基本形式是一致的，包括五个基本组成部分：发射机、发射天线、接收机、接收天线以及显示器。

落叶的用处

纪广洋

深秋时节，月明禅寺准备举行一次布道祈福的大型法会。会议的各项事务基本上都准备好了时，知内外事和知客寮等会务组的僧人们却为了打扫不尽的落叶而犯愁——你前脚打扫干净了，它后脚又飘落下来……

这一天，当他们再次召集众僧集中打扫院落和山道时，更慧禅师走了过来，轻松一笑说："其他的会务照办，这地上的树叶我看就不用打扫了。"

众僧听后，自然就不再打扫地上的树叶了。可是，他们都不明白为什么不打扫了，这么隆重的法会，届时会汇集那么多的居士、信众

及各界名流，寺院及山道上遍地都是树叶，那该多不雅观啊！

直到法会那天，听了更慧禅师的发言，他们才领悟到老禅师的一片禅心。当与会的各界人士踏着沙沙作响的遍地落叶，会集在彩旗飘舞、佛乐轻扬的会场时，更慧禅师说："为了迎接各位贤达、各位居士和信众，本寺准备了半年之久，历经春夏两个季节，寺院和山道上才积累了这么一点儿薄薄的落叶，以此为毯，迎接各位贵宾……"

与会的人们，先是一愣，但少顷都会心地笑了，接着则是一阵经久不息的掌声。

为此，一位德高望重的居士还专门题写了一则偈语："萧萧枯叶落满地，历历葱茏枝头时。"他把更慧禅师的妙心禅意开悟得更深、更透了。

智慧博客

无用的事物总是那么多，妨碍生活，妨碍工作，其实，事物的有用与无用完全在与你怎样看待它。如同深秋落叶，仿佛似无用，但若收藏，便又携带了一丝秋的醉意和浪漫。

了解水车的青年

泓 逸

无相禅师在行脚时感到口渴，路遇一名青年在池塘里打水车，于是趋前向青年要了一杯水喝。青年以羡慕的口吻说道："禅师！如果有一天我看破红尘，我一定会跟您一样出家学道。不过我出家后，不想跟您一样居无定所到处行脚，我会找一个地方隐居，好好参禅打坐，而不再抛头露面。

禅师含笑道："哦！那你什么时候会看破红尘呢？"

青年答道："我们这一带就数我最了解水车的特性了，全村人都以此为主要水源，若找到一个能接替我照顾水车的人，届时没有责任

的牵绊，我就可以找自己的出路，看破红尘出家了。"

无相禅师道："你最了解水车，请告诉我，如果水车全部浸在水里，或完全离开水面会怎么样呢？"

青年说道："水车全部浸在水里，不但无法转动，甚至会被急流冲走；完全离开水面又车不上水来。"

无相禅师道："水车与水

流的关系可说明个人与世间的关系：如果一个人完全入世，纵身江湖，难免不会被五欲红尘的潮流冲走；假如纯然出世，自命清高，则人生必是漂浮无根，空转不前的。因此，一个修道的人，要出入得宜，既不袖身旁观，也不投身粉碎。出家光看破红尘还是不够的，更要发广度众生的宏愿才好。出世与人世两者并立，才是为人处世和出家学道的正确态度。"

青年听后，欢喜不已地说道："禅师您这一席话，真叫我茅塞顿开，使我长知识了。"

智慧博客

人于社会如同树与树根一样密不可分，总有一条纽带将人与社会紧密相连。出世与人世乃是依照世俗观念所分，真正的智者不为世俗所羁绊，亦不会绝世独立，乃是立于二者之间，心怀众生却又不被世俗所困。

罚出救火队

白　帆

　　一到秋天，鲁国都城南门附近的老百姓就会聚集到城门外的芦苇荡里打猎。一天，不知道是谁放了一把火来驱赶猎物。火势很快蔓延开来，马上要烧到城门了，鲁哀公赶忙派人去救火。

　　但是，被派去的人也跟着众人去追逐猎物，不去救火。鲁哀公不知所措。这时，宫中一位大臣说："在这样危急的情况下，我们没有设置任何奖赏和惩罚标准，他们自然不愿意冒险去灭火。而捕杀猎物有利可图，他们当然趋之若鹜。"

　　鲁哀公说："这好办，传令下去，凡是救火的人可以获得重赏。"

　　大臣赶忙说："这样也不好。现在一团糟，不清楚谁在救火，谁在追逐猎物，至于谁的功劳大谁的功劳小，也没有办法评定。"

　　鲁哀公问："那现在该怎么办呢？"

　　大臣回答道："既然奖

赏不行，那为什么不用惩罚呢？我们可以规定，不救火的人等同于战场上的逃兵。不管是谁，都要按军纪处罚。这样不用花钱，就能达到目的。您觉得怎么样？"

鲁哀公一听，赞不绝口，他立即传令下去。在场的人听到命令后，纷纷救火。不一会儿，大火就被扑灭了。

 智慧博客

人们有时是利益的动物，会以敏锐的嗅觉追逐利益而行动。当责任与利益发生冲突时，人们往往会选择利益而忽视责任，因此，就需要切实可行的奖惩方法，使人以责任为先，坚守自己的使命。

 百科探秘

富尔顿是美国著名工程师，1807 年他制成了世界上第一艘蒸汽机轮船，为航海事业的发展做出了巨大贡献，因此被誉为"轮船之父"。

取 水

星竹

佛陀一行走在路上，天气炎热，大家口渴难耐。佛陀看了看太阳，对弟子罗汉说："前边有一条小河，你去取些水来，其他人原地休息。"

罗汉提着皮囊来到河边，由于天气炎热，河已经被蒸发得成了一条小溪。路人都来这里取水，车马还从小溪中穿梭而过，溪水被弄得十分污浊。

罗汉无奈，只好提着空皮囊回到佛陀的身边，并建议佛陀带领大家继续前行，去找另一条河。

佛陀看看太阳，再看看疲惫的众人，对罗汉说："你还是先去那条河里取些水来吧。"

罗汉不敢违抗佛陀的指令，只好提着皮囊再次来到溪边。溪水依

然污浊不堪，上面还漂着一些枯枝烂叶。这次，罗汉从小溪里取了半袋泥沙回来。佛陀看了看污浊的泥水，对罗汉说："不是我不信任你，你没有必要取半袋泥水回来给我看，而是应该等在那里，等小溪自己的变化。"

罗汉说："如果我们去寻

找另一处水源，大概就不是这种情况了。"

佛陀说："也许另一条河水也是这样，那你又该怎么办呢？现在你再回去，还是到那条河里去取水，这才是最近、最方便的办法。"

罗汉很是犯难，又不能不回去，不禁道："大师让我再去取水，是否有什么办法能使那溪水变得清澈纯净？还请明示！"

佛陀说："你什么也不要做，只要等在那里就行，否则你将会使溪水变得更为混浊，如果所有人都不进入那条水域，溪水早就有了变化。"

罗汉第三次返回溪边，这时流动的溪水已经带走了枯叶，水里的泥沙也渐渐沉淀了下去。只一会儿工夫，整条小溪便变得清澈明亮。面对这样的情景，罗汉先是惊讶，接着就笑了起来，快乐地取回水来。

佛陀说："天下没有什么东西是永恒的。作为人，我们没有必要让烦恼长久地停留在我们的内心。如果烦恼过不去，那一定是你自己在扰动，而并非烦恼本身不走。"

智慧博客

> 世间的烦恼、坎坷与哀愁不会始终不变，总会消失，使它们存在的是人的那颗不肯忘却的心。因此，要学会辞行昨天，不让今天的身体依然陷于昨天的泥淖，不让昨天的痛苦浊蚀了属于今天的快乐，放下昨天的繁重，才能轻松地开始今天的行程。

百科探秘

火车是人类历史上最重要的交通运输工具。最初的火车是由绳索或马匹拉动行驶的。到了19世纪，大多数火车都改为蒸汽机车牵引，因此早期的火车又被称为蒸汽机车。1940年后蒸汽机车逐渐被柴油机车取代，随后又出现了电力机车和动车组等等。

高 IQ 城市

虞 墨

1月15日，纽约，气温零下七度，水温零上两度，极其寒冷。苏伦博格机长驾驶的飞机起飞，一切正常。两分钟后，飞机和飞鸟撞击，两个发动机失效。

生死存亡，就在一瞬间。

如果坠落，下面就是繁华的曼哈顿。

接下来的三分钟内，曾是美国空中战斗机飞行员的苏伦博格，决定放弃返回机场、摆平双翼、微微拉高机头、利用滑翔控制飞机到稍低于正常降落的时速、选择降落位于世界最繁忙的都市之中的哈德逊河中，并且靠近码头、通知机组准备迫降、让机尾先触落河水、放下机头。

所有这一切都在三分钟秒内循序完成。155名乘客和机组人员安然无恙。

英雄机长和哈德逊河降落的故事，犹如一部好莱坞大片，很多人已经耳熟能详。全世界人民，开始用各种方式向这位英勇而智慧的机长致敬。

不过，或许你不知道，在英雄机长的身后，是一套低调的、齿轮耦合般复杂但有序的城市应急系统在运转。迅速完成的救援，源于一套信息实时流转的体系。

撞击飞鸟的信息报告到地面塔台后，通过紧急状况通报系统

（EANS），美国应急办和警察中心很快就获知了情况。

这时，位于美国华盛顿的美国航空联合管理委员会也立即收到了这个信息，并且通过另一个网——国土突发信息通信网，和军方取得了联系。当天当班的美国海岸警卫队，立即被指派为指挥长，开始实施救援。在起飞后的6分钟，飞机当时以每小时240千米的速度降落在华盛顿桥以南一公里左右。

为什么降落在这个地方？当时苏伦博格机长根据他过去受训的经验，应急情况下如果在水上迫降，应该尽可能地靠近有码头和船只的地方，这样搜救比较容易，所以保持飞机飞行的状态，一直到靠近码头，在那里才停下来。

这时候，科罗拉多州的北美联合防空司令部，也已经收到了消息，进入到指挥状态，三十多人密切地注意飞机的情况和事态的发生。

此时，即使你只是一介平民，如果你关心飞机的实时情况，也可以享有司令部军官般的"待遇"。因为"9·11"之后，美国建立了新的航空雷达网，这个雷达站是军民共享，在地图上可以看出所有的飞机朝向什么地方，飞机的编号，这个飞机的状态等等，一目了然。

但除了知道飞机的着落点，如何营救，是最需要精密度量的。

于是，IOOS（一体化海岸观传感系统）上场了。这个网络实时监控事发现场的水文情况，并立即将数据传送到美国海岸警卫队和海上指挥中心，这对当时的救援决策和反应起到了至关重要的作用。

与此同时，当地环保部门马上启动应急救援，因为飞机当时加了6 300加仑的油，坠落河中以后，6 300加仑油如果散落在哈德森河，会非常危险。

几十分钟后，所有机上人员脱险。此时，飞机只剩一个尾翼露在外面，机舱内进水接近顶部。

在哈德逊救援中，美国海岸警卫队从事件报警开始几分钟，纽约警局有超过150名警员到达附近。30分钟后，750名警员集中到现场，消防部门的1 200名救援人员到达，美国海岸警卫队的大量水上救援设备部署完成，哈德逊河上的商业渡轮也靠近救援。美国红十字会131名救援人员进入现场，500双厚袜、700条毛毯和热饮食物送达码头。

整个系统，迅速联通。

你看，一个高IQ的城市在处理紧急事件时信息流转、人员组织调动、设备物资调配运输环环紧扣。这就是慢慢进入智慧城市、智慧社会的过程。治大国，若烹小鲜。的确，一个聪明的城市，需要更精细的管理。

智慧博客

随着科技的高度发展，信息与科技发挥着人们无法想象的重要作用，信息的快速传播使人们的行动井井有条，人与人的配合更加协调，各个步骤环环紧扣，便捷了人们的生活和工作，成为不可或缺的重要组成部分。

百科探秘

世界上第一条地下铁路是于1863年建成开通的伦敦大都会铁路，该铁路是为缓解当时伦敦的交通拥堵现象而筹建的。

把绿茶卖到巴西去

陈亦权

巴西是全世界产咖啡最多的国家，巴西人也都喜欢喝咖啡，所以有不少移民都做起倒卖咖啡的生意来。但是因为层层剥利，移民们能赚到的钱非常有限。

居住在里约热内卢市郊的移民当中，有一位小伙子来自一个盛产茶叶的地方，他和同胞们一起艰难地在异国他乡谋生。大家时常聚在一起讨论该做什么生意好，这位从小与茶叶结缘的小伙子很自然地想起了茶叶。他提出了一个把国内茶叶拿到巴西来卖的设想，却遭到所有人的反对。因为在巴西，人们几乎只喝咖啡。

"正因为这样，茶叶市场才是一个空缺啊！"小伙子说。

"不是市场空缺，是根本没有市场。你想，根本不会有人买，哪儿来的市场？"同胞们这样劝说道。

"空白的绿茶市场，究竟是根本没有人买还是根本没有人卖？"小伙子在心中暗自思考着。在之后的几个月里，他只要一跟巴西人接触就问对方一个问题："你知道绿茶是什么吗？"出乎意料，除少数人完全不知道以外，大部分人都说知道却没见过。特别是当小伙子问及"假如有一杯中国绿茶放在你面前，你愿意尝试喝一口吗"时，几乎所有巴西人都表示有兴趣。

小伙子把这些人的回答全部记录整理后，得出了一个与自己的推测相吻合的结论：巴西人爱喝咖啡，但并不代表他们会排斥绿茶！在一个没有绿茶的地方，做没人做的绿茶生意，卖几乎没人会拒绝的绿茶，那不是找到了一个完全空白的市场吗？

转眼到了第二年春天，小伙子知道这时家乡的茶叶已经开采了，于是让家里人往巴西寄了 250 千克上好的谷雨茶。

谷雨茶是以中国农历的谷雨节为采制佳期的早春茶，这种绿茶芽肥叶硕，色泽翠绿，口感清新怡人。小伙子收到茶叶后，就在街上摆了一个地摊，并且请人分别用英文和巴西文在牌子上写下了一句话："你完全没有品尝过的中国绿茶！"同时，小伙子还用保温壶泡了一壶茶，给大家免费品尝，谷雨茶那种清新的气息和极富回味的口感很快吸引了大家，巴西人纷纷掏钱买下半斤二两，说要带回去好好享用。那天，他在街上一直忙到了晚上9点多才收工，算下来，竟卖掉了25千克茶叶！

转天，他按照当初记录的名单，给每个愿意品尝绿茶的巴西友人送去一包。当他们品尝后，几乎所有人都表示"与咖啡的感觉完全不一样"，并且希望买来常备家中。

初步的成功让小伙子兴奋不已，几天后，他再次从国内进了一大批茶叶，还租了店面，并且结合中国的茶文化，在电视里做了一个小广告。一时间，中国绿茶的身影出现在了里约热内卢的大街小巷。

那一年，他在一个只喝咖啡的国度，凭借着绿茶生意成功捞得了第一桶金。之后他迅速在巴西注册了绿茶公司，做起了绿茶批发和零售业务，并且在各地开设茶楼、茶馆，请来中国茶师展示中国茶道。渐渐地，中国绿茶在巴西形成了一道独特而亮丽的风景线，也逐渐成为了巴西人民生活中的一部分。

当初的那位小伙子，就是如今叱咤巴西商界的华侨企业家、"中国绿叶"绿茶公司创始人李松友。他在之前的20年时间里，相继在里约热内卢市郊等水资源丰富的山区兴建了茶园、茶厂，而他那同样以"中国绿叶"命名的茶楼，更是在巴西各地开了多达五十余家的分店，成了巴西著名的"中国绿茶大王"。

前不久，巴西一家电视台对李松友进行了专访，在谈起自己的成功之路时，李松友说："迎合市场需求只能算是混饭吃，而发现甚至创造市场才算是做生意！没有一个市场是绝对饱和或绝对空缺的，从饱合的市场中发现甚至是创造消费的空缺，那才是一个商人成功的关键！"

智慧博客

> 如果想得到成功女神的青睐，在他人走过的平坦大路上前进是不行的，要学会用敏锐的目光发现潜藏在枯枝藤蔓中的幽静，只有大胆探索，敢于创新，才能最终抵达成功女神的宫殿，打开那扇属于自己的成功之门。

百科探秘

乌龟的腹甲非常平坦，背甲稍微隆起，分布着三条纵棱，脊棱非常明显。雌性乌龟的腹甲呈棕黑色，而背甲刚由浅褐色过渡到深褐色。

 # 适可而止是一种境界

苗向东

2009 年 5 月 18 日，40 岁的江苏企业家吴文洪登顶珠穆朗玛峰，却在 19 日凌晨下撤时突发高山疾病不幸遇难。这也许是偶然事件，但偶然中也不难找到其必然的细节、常识和规律，他登顶珠穆朗玛峰勇气可嘉，信念执著，但并不具备登山条件，从而埋下了祸根。

登珠穆朗玛峰是他 20 年来的梦想。在中学读到有关珠穆朗玛峰

的课文，看到珠穆朗玛峰的照片时，他就对珠穆朗玛峰产生了向往——"有机会，一定要登上珠穆朗玛峰"！生前他经营着一家企业，年产值数百万。今年 3 月，刚过 40 岁生日的他，联系正准备带队攀登珠穆朗玛峰的前国家登山队队长王勇峰，希望能实现自己的梦想。但由于他没有登过高山的经历，最高也只爬过海拔 1 860 米的黄山，不具备登珠穆朗玛峰的条件，所以出于安全考虑，王勇峰婉言拒绝了他的请求。

吴文洪是一个非常执著、不达目的不罢休的人。2009 年 3 月下旬，他又联系上了西藏登山协会，被推荐给一家公司安排登山。在前往西藏训练时他向家人提出攀登珠穆朗玛峰的想法，遭到家人的强烈反对。但执拗的他极力说服家人，执意要向珠穆朗玛峰发起挑战。

登珠穆朗玛峰前一个月的适应性训练，他总是最慢的一个。攀登珠穆朗玛峰，登山者应该循序渐进地训练四年，逐步提高登山适应能力，还至少要有一次登 6 000 米高山的经历。出发前，领导根据他的训练成绩，劝他放弃，可是他却说，虽然自己速度慢，但是耐力好，在体力上没有任何问题。

登山正式开始后，他的向导是曾于 2007 年登顶珠穆朗玛峰的欧珠。从大本营到珠穆朗玛峰各个营地，吴文洪在行进中总是落在最后。5 月 17 日夜里大家开始向顶峰冲刺，出发不久他又落在了最后。此时吴文洪突发高山疾病症状，协助其他山友登顶后下撤的向导阿旺劝他不要再攀登了。可是别人都纷纷登顶，他不甘心，回绝道："都走到这里了，我一定要坚持下去。"

规定的 10 点撤下时间到了，过了这个时间点，山上的天气情况将会变得异常恶劣，无论是登顶还是下撤，危险性都将陡增。但他距离顶峰还有五六十米，大本营总指挥尼玛次仁告知向导欧珠，带吴文洪返回。此时心目中神往已久的峰顶已近在咫尺，吴文洪流下了眼泪，扑通一声跪在了欧珠的面前："登顶是我最大的愿望，请给我这个机会吧！"欧珠再一次心软了，带着他一步步地走向顶峰。

可登顶没几分钟，山顶天气就突然骤变。欧珠赶紧带着他撤下。吴文洪的脚步越来越沉重，体力非常虚弱，无法再向前迈一步了。下午 2 点 47 分，欧珠请求大本营支援。接着吴文洪体力衰竭，氧气不足导致脑水肿等突发高山急症……凌晨 4 点，长眠于海拔 8 750 米。

吴文洪走了，他怀揣着 20 年的梦想出发，却永远倒在了梦中的地方。这不禁使我想到另外一位无氧登山运动员，在一次攀登珠穆朗玛峰的活动中，攀登到 6 400 米的高度时，他渐感体力不支，停了下来，与队友打个招呼，就悠然下山去了。事后有人为他惋惜："为什么不再坚持一下，再坚持一下，就可以跨过 6 500 米的登山死亡线！"他回答得很干脆："不，我最清楚，6 400 米的海拔，是我登山生涯的最高点，我一点都不遗憾。"

适可而止是一种境界，也是一种睿智。学会停止是对生命的尊重和敬畏，超出自身能力的追求，则是对生命的虐待和亵渎。人的生命只有一次，和生命相比，无论怎样的高峰和极限都是次要的。在攀登人生的一座座高峰时，量力而行、适"度"而止，才能获得人生的最大成功，赢得他人的尊敬！

智慧博客

> 驶向成功之岛的瀚海航行，并不是拥有执著和坚持就能到达的，因为大海中总是充满挑战和危险，如果成功之岛环绕的是一片无法逾越、会使自己葬身鱼腹的暗礁险滩，那么何不掉转船头、挥手放弃，你会发现，转身之后的大海更有其迷人的风景。

百科探秘

乌龟的头顶呈现黑橄榄色，颈部、四肢以及裸露的皮肤部分通常呈现灰黑色或者黑橄榄色。

武士的灵魂

谢志强

千利休满意地看到，茶道的器具摆放得十分妥当，贵宾加滕清正已落坐。室内气氛祥和而又清寂。

千利休正要示意点茶时，发现加滕清正身旁躺着一把武士刀。茶室的规矩是：禁止携带刀具之类的兵器入室。

千利休说：很抱歉，请加滕君把刀放到茶室外面的刀架上去吧。

加滕清正威严地说：刀是武士的灵魂，我向来刀不离身。

千利休不再强求，便开始点茶。沏茶的过程中，好似一时失手，

先是盛满了水的茶釜倾翻，紧接着，殃及了火炉，顿时炭火爆溅、水汽升腾，像发生了突如其来的爆炸。

近旁的加滕清正一惊一惶，起身疾步出室。

茶室内烟雾弥漫，全乱了套了。

千利休端坐着，平静地冲着门外喊：加滕君，您把武士的灵魂丢在茶室里了。

侍者拿起那把武士刀送至门外。

智慧博客

> 人生中总有一些坚持看似重如生命，实则轻似鸿毛，可是，人们却常常乐于坚守自己的坚持，不惜触犯他人。但是，面对危险时又有多少人能依旧坚守，而不是弃之不顾，所以，学会正视自己的坚持吧。

有 德

俞祥波

一位有德之士一直为住在城市的东区而苦恼。他举止文雅、行为中正，而东区的人们粗俗随意、不讲卫生；他生活有规律，但东区的人们却喜欢通宵狂欢；他品质高洁，但东区的人们市侩气、功利心重。

于是他向一位智者求助，究竟是搬迁到别处，还是做其他打算。

智者听完他的叙述，静静地想了一会儿，一句话也不说，便带着他去了一个山谷。那个山谷空气清新、景色优美，更有成千上万只乌鸦在这里盘旋、静立、打闹、栖息。整个山谷异常和谐。可是，黄昏的时候，来了一只苍鹰，情况就发生了变化。

苍鹰仗着自己身强体壮、飞翔能力强，气焰嚣张，一会儿挤占这群乌鸦的地盘，一会儿啄咬那一群乌鸦。和谐热闹的乌鸦群变得混乱惊慌起来，它们四处奔走，惶惶不可终日。骚扰了一阵后，苍鹰似乎很不屑与乌鸦们为伍，又趾高气扬地飞走了。

看着眼前这一切，智者缓缓开口说："苍鹰以为自己和乌鸦相处是受了委屈，殊不知乌鸦并不乐意与苍鹰在一起。对于生命而言，其实没有高下

之别，只是生活方式上存在差别。所以，你不应该嫌弃东区，而应持有感激之心，感谢他们对你这个不同类人的容纳。你自以为居住在东区是一种耻辱，而对东区的人们来说，你的生活方式和所谓的道德优越其实是一种骚扰，与苍鹰对乌鸦群的行为无异啊。"

有德之士很惭愧。他以为自己卓尔不群，没想到实际上只是需要别人接纳才能生存的可怜虫。自己嫌恶想要离之而去的人们，恰恰是自己最珍贵的财富。

道德的含义，不是让人借着它的名义，高高在上地俯视别人。上等的道德，应该是超凡脱俗，却又能与万物——无论是一粒草芥，抑或其他庞大的事物，相互包容，和谐相处的。

智慧博客

　　所谓道德，不是立于峭壁之上俯视众生，将自己的习惯强加于人，而是心怀天地，包容万物，无论是微小蝼蚁，还是庞大人类，都能融入心中，即使身处云端，亦能融入大地。

救自己于水火之中

纪广洋

　　有一个叫通一比丘的（佛教指和尚）禅修多年，不得要领，就去请示心明禅师。心明禅师听到他的困惑后，二话不说，就领他来到一处林间空地，燃起一堆篝火。就在火势正旺时，心明禅师一把将通一比丘推进火堆。通一比丘出于救命的本能，赶紧跳出火堆，并在土中打滚，迅速熄灭了身上的火苗。

　　就在通一比丘忙着灭火时，心明禅师又开始走路了，通一比丘一肚子委屈加一肚子火气地在后面追赶他。当通一比丘追上心明禅师时，师徒二人正好走到一座石桥上。没等通一比丘说话，心明禅师转

过脸来，抱起通一扔到深不见底的河水里。通一比丘自然不肯被活活淹死，又扑腾着爬上岸来。

没等上气不接下气的通一比丘说句话，心明禅师就大声问他："这回彻悟了吗?"

通一比丘如醍醐灌顶，真的大彻大悟了。

自明自救，救自己于水火之中，确实是一种人生的警醒、生命的彻悟。

智慧博客

人们常常执著于某事，使自己身陷于黑暗的泥沼而不自知，而自明自救便是助人脱离黑暗的明灯，逃离泥沼的绳索。因此，请时刻保持自救的警醒，莫使自己的人生被泥沼吞噬。

百科探秘

乌龟和鳖都有极高的食用价值、食疗价值以及药用价值。它们的甲不仅可以入药，而且还是记录文字的载体。这就是我们所说的甲骨文。聪明的远古人类用锐器将文字刻在龟的腹甲或者背甲上，用以记事或占卜等。我国国家图书馆是中国乃至世再上收藏甲骨文最多的，目前共藏有 35651 片。

一杯水的转机

谁将统治世界

李 鹏 译

幸运女神坐在华丽的宝座上，仆人围绕在她身边。这时，两个人进殿求她帮助。

第一个人请求幸运女神，让他能获得聪明与谨慎者的喜欢。旁观诸人互使眼色，悄悄地说："当心，不然世界就是他的了。"幸运女神面色凝重，准其所请。

第二个人走上前来，其所求正好相反。他想在无知与愚蠢之人中间意气风发。众人听到如此古怪的请求，莫不哄笑。幸运女神面带微笑，准其所请。

两个人心满意足，连声感谢，告辞而去。

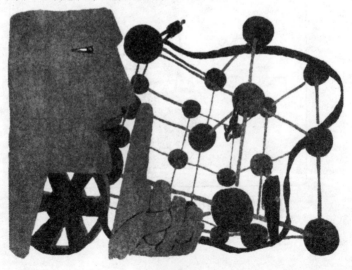

幸运女神望着众人不解的神情说道："你们认为这两个人谁更聪明？第一个？你们大错特错。他是个蠢货，既不知道自己求什么，也成不了什么大事。第二个人清楚自己所为何来，这世界上无人可敌的将是他。"

 智慧博客

> 鹦鹉立于群鹰之中虽能用机巧讨其欢心，但是只能更显其渺小，立于麻雀之中虽不够高大威猛，却能彰显其出众和卓尔不凡。只有明确自己的追求和位置，才能最终获得成功。

 百科探秘

毒箭蛙的体型较小，通常只有 1 厘米 ~ 5 厘米长，身体颜色通常为黑与鲜红、黄、橙、粉红、绿、蓝的结合。

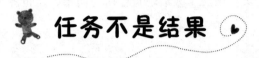

任务不是结果

陈明聪

在哈佛大学 MBA 课堂上，教授们出过这样一个课题：带上除了你以外的三个人，运两筐石料到山上去，每个人只有 100 元经费，只允许在现场找人。

第一个组织这个活动的人，从开始发动群众到最后爬到山顶用了 6 小时，他的方法很正规：用钱去招聘人搬运，尽量挑选一些身材比较强壮的搬运工，招聘工人用了三小时，爬山用了两小时，中途休息用了一小时。

第二个组织这个活动的人，直接给附近的劳务公司打电话，劳务公司很快调派了三个身强体壮的人去负责搬运石料，他只用了三小时就爬上了山。

第三个组织这个活动的人，仅用了不到一小时就爬到了山顶。他先找到该山的负责人，询问有没有缆车，在确认有缆车的情况下，他只需要找到三个游客帮忙看管一下石头，然后坐上缆车直接到山顶。

课题的最后获胜者当然是那个坐缆车的人。虽然另外两个人都表示不满，觉得他违反了规则，这个课题是训练你的组织能力，而不是投机取巧，但教授们最后还是把胜利判给了坐缆车的人。

教授们是这样说的："原因很简单，在任何公司里，你的上司只看重你的绩效——你的结果。"

请记住：你的工作之所以取得成功，不是因为你付出了什么，而是因为你做出了什么样的成绩。

 智慧博客

工作之中被重视的永远是成绩和结果，而过程往往被忽视，因此，若想成功，就要学会用最有效的方法取得最大的成绩，只有当你获得认可后，才有资格要求别人关注你的付出。

 百科探秘

箭毒蛙是最美丽的蛙类，也是毒性最强的物种之一。其中毒性最强的物种体内的毒素能够杀死两万多只老鼠。

丑陋与美好

吴礼鑫

一位年轻人去拜访一位深受人们尊敬和爱戴的智者。

年轻人对智者赞美道："师父，您才智超群，令我崇拜。"

智者说道："你错了，我的才智极为平常，我的记忆力也特别差，我根本不值得你崇拜！"

年轻人问道："您的记忆力特别差，为何您却知识渊博，您悟出

的道理却那么深奥呢？"

智者回答道："因为记忆力特别差，故我总是尽力忘记那些无用的东西，尽心记住那些有用的东西，我也谈不上知识渊博，我只是牢记了一些有用的东西。我悟出的道理其实平常人都可以悟出，只是他们没从这方面去悟道而已，我其实走的是一条歪门邪道。"

年轻人说道："师父，您品德高尚，令我钦佩。"

智者说道："你又错了，我的品德相当丑陋，我总是依赖亲人、依赖友人、依赖世人，我吃的是农民种的粮食，穿的是工人织的衣服，住的是建筑者建造的住房，而我总是想将这一切都忘记。我的品德实在低劣，我实在不值得你钦佩！"

年轻人问道："那为何人们都说您品德高尚呢？"

智者回答道："我从世间索取的太多，我有愧于亲人、有愧于友人、有愧于世人，所以我只想尽心尽力报答他们。可我只是天地间一个极为渺小的无才无德之人，我只能首先忘记亲人、忘记友人、忘记世人，甚至忘记自己，忘记所有的一切，我才能全心全意修行悟道，悟出天地自然之道，让亲人、友人、世人尽量少走世间的弯路。我只是做了世人疏忽而没有做的一些细小的善事，人们却赞美我，把我捧得太高了，我感到更加惭愧，我所做的那些微不足道的善事迷惑了人心啊！"

年轻人说道："师父，您修养极高，令我敬仰。"

智者说道："你肯定又错了，我个性清高、性情孤傲，我怎能值得你敬仰呢？"

年轻人问道："师父，您为何总是揭露自己的丑陋之处呢？"

智者说道："我唯有时时揭露自己灵魂的肮脏丑陋之处，把它尽量展示给世人，才能不断清洗自己的肮脏丑陋之处，更加完善自己啊！"

 智慧博客

　　只有放下无谓的困扰，才能拥有纯粹的思想；只有敢于揭露自己的丑陋，才能获得心灵的洗涤。人生在世，不要总是坐拥自己已取得的成绩沾沾自喜，而要学会时时批判自己，这样才能更加完善自我。

百科探秘

　　毒蛙大多分布在巴西、圭亚那、哥伦比亚和中美洲的热带雨林中，全身鲜亮多彩，四肢布满鳞纹。其中以柠檬黄最为耀眼和突出。

人类最高的学问

文怀沙

一个人要考虑名利，更要考虑生死：活在世上究竟是为了什么？

有个朋友住院，医生宣布她来日无多，想吃什么想要什么尽量满足她。她对孩子们说："小时候，我很喜欢一个男孩子，可是他不喜欢我。现在我要走了，我想让他为我写一首诗。让诗告诉我，我从哪里来，要到哪里去。我现在很痛苦，希望他能缓解我的痛苦。我相信他能做到。"

于是，她那天给我打来电话，亲口告知已入医院，即将辞世。看来行前她的神志十分清醒，别情依依，嘱我书悼词，她将怀抱我所书悼词一同火葬，这样就了无遗憾云云。

我听了很苦，人都是有情的啊。我哪里写得出诗？心里酸得很。晚上吃不下饭，后来写了一首白话诗（即《神州有女耀高丘——献给林北丽的悼词》）——

生，来自偶然，死，却是必然，偶然是有限，必然是无限，一滴水如想不干涸，最好的办法是滴入海洋。

时间无头又无尾，空间无边又无际，从个人到人类，乃至我们居住的地球……所占据的时空都十分有限，因而我们所知也十分有限，我们不知道的领域却是无限。

对于无限，我们理应敬畏，劳我以生息我以死，生不足喜死不足悲，不必躲避躲不开的事物，用欢快的情怀，迎接新生和消逝。

对于生命来说，死亡是一个陈旧的游戏，对于个体而言，却是十分新鲜的事。科学最高峰通向哲学，哲学最高峰通向真理，因而人类最高的学问，是谦虚和无愧、善良和虔诚……

乖乖的，91岁的"林妹妹"（柳亚子这样称呼你），听我的话，不要哭，但不妨流一点幸福的留恋生命之泪，那是照耀心胸的阳光。

一个多月以后，北丽怀抱这篇悼词，安然谢世……

仍然生活在世界上的人，应该学会把愚昧和老实区别，把爱情和淫乱区别，把理想和幻想区别，把风流和下流区别，把聪明和狡猾区别。

君子是什么呢？就是人不知而不愠。不被人家理解，人家歪曲你，人家委屈你。任劳容易，任怨很难。你在爱国，人家说你是汉奸。你自认清白，有人说你是狗娘养的。你生气吗？到镜子里面看看，脸上没有长出狗毛，说明骂你的人不反映现实，你生什么气？你如果生气，说明你是一个狗娘养的嫌疑犯。人不被人理解而不生气，这个就是君子，如果没有到这个阶段，你还是在小人的阶段。

什么是最重要的？个人的身心健康。很多人的健康令人担心。我只看几条：看你是不是愉快？你不能大口喘气，患得患失。要永远自

在，在最大的风雨里面仍然从容。看你是不是会休息？什么都可以冲击，但是不能冲击你的休息时间，只有蠢人才认为睡觉会影响工作。所有的蠢人打人是用拳头打的。怎么看待挫折？当你遇到不顺利，你要把这个亏总结起来，在失败里看到成功。你事事喜怒形于色，那只是个小贩子、二道贩子，做不了大事。

老了以后就怕不要脸，越老应该越谦虚，觉得自己越不够。

智慧博客

> 人生短促，人总是在无限的宇宙中挥霍自己有限的时光。绝世的容颜、红润的嘴唇、矫健的步伐终会随时光流逝而消失，但是，不要让无情的岁月在心灵上留下深深的痕迹，以一颗坚定的心和充沛的情感来保护自己的心灵之泉永远清澈。

当老大要五项全雏

李安石

人人都想当老大，然而，一般人不能当，如果没有当老大的特殊条件，还是乖乖地当老二。

刘毅生于东晋末年，从小胸怀大志，不屑求田问舍，家中经济也不大好。没钱归没钱，赌博的时候，他居然敢下百万元的赌注，而且神色自若，光是这一点，确实算是一号人物。

刘毅的崛起，在于他有勇气、有眼光，和后来的宋武帝刘裕一起，投入讨伐桓玄之役。

桓玄是东晋大将桓温的儿子，桓温是一个英雄人物，说过一句千古名言："大丈夫不能流芳千古，亦当遗臭万年。"他很想当皇帝，结果，没当成就死了，他的遗志由儿子桓玄完成。

桓玄登上大位，没有太大本事，刘裕纠集一班好汉，跟他对着干，三两下就把桓玄拽下马。刘裕掌握了大权。刘毅参与讨伐桓玄有功，飞上枝头变凤凰，成了一方之霸。

严格说来，刘毅算是一个有点本事的人，打起仗来，不是大胜，就是全军覆没。要命的是，刘毅为人自傲、刚愎自用、心胸狭窄，许多人都很讨厌他。

桓玄垮台后，刘裕成为朝中第一号人物，刘毅心里不是滋味，开始暗中抵制。他知道自己打仗的本领不如刘裕，也知道刘裕没读过几天书，便想办法在诗赋上胜过刘裕。

有一次，皇帝大宴群臣，让大家作诗。刘裕坐着不动，刘毅立刻提笔写道："六国多雄士，正始出风流。"诗不算高明，毕竟比刘裕强多了。会作诗无助于争天下，双方还是得在权谋、刀剑上比功夫，反正关键性的局面总会出现。

继孙恩造反后，又发生卢循之乱，朝廷派出大将何无忌征讨失败，卢循乘胜向京师建康前进，一时间，天下震动。这时，刘毅备好兵马，出发前，却生了大病。不得已，朝廷只好另派刘裕出征。刘裕刚要动身，刘毅的病又好了，刘裕于是写信给刘毅说："我这边军事部署已完毕，马上要出征讨伐卢循。等乱事平定后，原来卢循占领的土地，全部委托老兄管理。"

同时，刘裕派出刘毅的同宗弟弟刘潘，劝阻刘毅出兵。刘毅收到信后，勃然大怒，把信丢在地上，恶狠狠地说："是我一时高兴，把功劳让给刘裕，他才有今天，你以为我的本事真的不如刘裕吗？"说完，立刻率军出发，与卢循展开一场恶战，结果，被卢循杀得全军覆没。靠着部将拼死营救，刘毅得以逃回。

刘裕出马，三招两下，收拾了卢循。刘裕没有怪罪刘毅，不但百般安慰，还让他继续留任原官。讨伐卢循之役，刘毅大败，刘裕大胜，双方实力一消一长，胜负已分。刘毅并不服气，更不死心，气焰反而愈来愈盛，一会儿向刘裕要求扩大地盘，一会儿又要求安插亲信，在地方上威福自专，不听中央号令，根本不把刘裕这个上司当

回事。

刚开始，刘裕念起旧情，尽量满足他，事事不与之计较。可刘毅把场面越闹越大，局面越弄越僵，最后，刘裕派了两员得力悍将王镇恶、蒯恩当前锋，自己殿后，浩浩荡荡杀向刘毅。

刘裕大军还没到，两名前锋已经临城。刘毅的士兵们听说刘裕亲自领兵来战，手脚发软，不过一天时间，刘毅兵败如山倒。像上次一样，他带了几名亲信，突围而出，当他逃到一座佛寺请求藏身时，寺僧竟断然拒绝："先师当年因为收容一位逃将，结果被刘卫军（即刘毅）所斩杀，今天，我可不敢再收容陌生人。"

刘毅一听，想起当年确有这么回事，长叹一声："我作法自毙，落到今天这个地步。"看看走投无路，刘毅只好上吊自杀。

由此看来，一把手需要有许多基本条件，其中，是否具备领袖气质，是相当重要的。它是指：特殊的个人魅力，自然吸引追随者的气度；能恩能威的领导艺术，让部属服从、卖命；临危不乱、临事能决的危机处理能力；敢越级挑战，能应付大场面；机遇。

五个条件，缺一不可，最重要的莫过于第一项。刘毅除了第四

项，其余均付阙如，第一项更是最大致命伤。刘毅不肯安分，明明老二身材，却要摆老大身段，结果，兵败身亡。

 智慧博客

　　人生在世要明确自己的位置，对自己的实力要心中了然，权威的巅峰之椅人人都想得到，但是，没有足够的能力就不要冒然挑战权威，以免惹祸上身。

 百科探秘

　　壁虎通常在夜间活动，常常在夏秋季节的晚上出现在墙壁、天花板或电线杆上，白天潜伏于隐蔽处，并在这些稳蔽的地方产卵，每次产两枚。卵呈白色，为卵圆形，壳易碎。有时候几个雌体将卵产在一起。作为爬行动物，它们能够鸣叫。它们的孵化期通常为一个多月。

幽默的反击

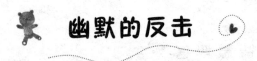

风满袖

美国前财政部长罗伯特从小就是个学业优异的学生，不过，在他求学过程中也不是没有挫折：高中毕业时，他先申请普林斯顿大学，结果遭到拒绝（按照名校逻辑，这可能跟他念的是公立高中，而不是知名的贵族私中有关）。不过，之后他运气还不错，申请到了哈佛大学这所一流学府。四年后他毕业了，得到优等生及最优学生的奖励。

君子报仇，"四"年不晚。他故意写了一封信给曾拒绝他的普林斯顿大学学务长说："我想您或许有兴趣知道您当年拒绝的人后来的情形，我只想告诉您，我是以最优等的成绩从哈佛大学毕业的。"

普林斯顿大学学务长也是个厉害角色，他回信说："谢谢您的来

信，普林斯顿每年都有责任拒绝一些资质很好的学生，好让哈佛大学也能有一些好学生。"

智慧博客

他人的嘲讽总是让人尴尬抑郁，然而，面对嘲讽莫要气恼，要善于利用上天赐予人们的幽默才能，将机智的幽默化为一只利镞，射穿敌人的盾牌，维护自己的尊严。

百科探秘

眼镜蛇的头部为椭圆形，与非毒蛇在外形上无甚差别。头背有对称大鳞，没有颊鳞。瞳孔为圆形，尾部呈圆柱状，脊柱有椎体下突。

忽悠的最高境界

刘 杰

经过春秋时期你追我赶的兼并战争，楚国在战国中期已经吃饱喝足，成为雄踞南方的超级大国，与西面的秦国、东边的齐国并列为战国七雄中的前三强。公元前329年，楚怀王熊槐即位，奉行与齐国结盟的政策，两国相交甚欢。齐楚打得火热，秦国的秦惠王难免深觉不安，他便派出当时天下第一"打"手张仪，南下楚国去棒打鸳鸯。

"一怒而诸侯惧，安居而天下熄"的张仪到达楚国后，楚怀王不敢怠慢，连忙为他举行了盛大宴会。酒宴上，张仪先对楚王深情表白："我们秦王最佩服您，我更是恨不能给您当用人啊！"一句马屁拍得怀王喜笑颜开，张仪继续道："秦王和我最讨厌齐王，而您却和他如胶似漆，所以秦王没法孝敬您，我也没法给您当用人了。"楚怀王一拍脑门，心呼不好，原来齐王在国际上的口碑如此之差，真是交友不善！张仪趁热打铁道："大王如与齐国断交，秦国立即归还侵占贵国的600里商於之地，再与贵国约为婚姻，岂不是美事？"这个天上掉下来的特大馅饼砸晕了怀王，他马上激动地拉着张仪的手同意了。

第二天，楚怀王便迫不及待地派使臣去齐国，宣布两国万古常青的友谊之树从此枯萎。群臣们听说后，前来王宫进行轮番拍马屁。怀王自己更是深深陶醉，连大臣陈轸泼他冷水也泼不醒。

话说怀王的接收大员随张仪到了秦国，没想到在咸阳街道上，张仪"一不小心"从马车上摔了下来，接着便三个月闭门不出。楚国使

者得门却不能入，只能锲而不
舍地守着。

怀王得到消息，没怪张
仪，反而自省道："难道张仪
觉得我没有诚意？"于是他派
出勇士宋遗前往齐国。宋遗见
了齐王，验明正身后，便破口
大骂，从头骂到脚，直把齐王
骂得七窍生烟！齐王立即把楚
国拉进黑名单，并派使节去秦
国，"折节而事秦"，从此"齐、秦交合"。

张仪这才出门见楚国使者说："哎呀，你还在这啊，快接受土地
吧，看，从这到那，多广阔的 6 里地啊。"楚国使者一听，晕，一路
大骂着回国了。

听完汇报，怀王知道被骗了，一气之下就派兵攻打秦国，结果 8
万精锐大军被全歼。他更怒了，又倾全国之兵攻打秦国，结果又丢了
河南大片土地。楚怀王着实郁闷，整天拿着张仪的画像戳来戳去。

一年后，秦国不愿楚国被过分削弱，准备割让汉中的一半给楚
国，让两国重修旧好。楚怀王咬牙切齿地道："愿得张仪，不愿
得地。"

张仪听说后，偷笑几声，大大咧咧地又来到了楚国。楚怀王愤怒
道："朋友来了有好酒；若是那张仪来了，迎接他的，有监狱！"张仪
被他逮捕了，专等良辰吉日开刀问斩。不料宠臣靳尚早得了张仪重
礼，进宫对怀王说："张仪是秦王的宝贝，杀不得啊，杀了他，秦国
报复起来怎么办？"怀王还没回过神来，这边爱妃郑袖听说秦王为赎
回张仪而准备派送美女，已经扑到跟前哭闹起来。这两人狂轰滥炸，
怀王哪里招架得住？立即释放了张仪。

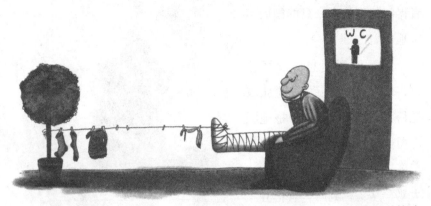

　　张仪出狱后，对脑子已经进了浆糊的怀王进行了一通国际形势大局观的教育，把浆糊搅得更稠了点。然后他就回国了，留下怀王在宫殿里感叹着："缘分啊，好人啊！"

　　这起战国时期著名的"卖拐事件"自此告一段落。张仪在整整两年间，不断玩弄忽悠楚怀王，使楚国同时与秦、齐交恶，陷入了极端被动的战略环境中，导致其丧师失地，大受损失。而楚怀王甘愿配合张仪的演出，直到最后，仍让其全身而归，他的所作所为，确实令人难以理解。就整个事件来看，如果不是怀王智商忽高忽低，就是张仪会催眠法术。而唯一可以肯定的是：经过张仪这一忽悠，楚国从此由盛转衰，秦国的统一大业，又迈出了坚实的一步！

智慧博客

　　聪慧之人身处危机之时镇定不乱，以自己的聪明机智和巧妙的言语化解危机。然而，面对他人的游说和意见，更要能在混杂的言论之中坚守自己的观念，明确自己的方向不能迷失，才能获得成功。

一半一半的世界

慧　禅

雅纯在佛光丛林学院念书，对训导老师非常不满，总是抗拒并排斥老师的要求与言教。

一日，院长星云法师将她找来，问道："听说你对训导：老师不以为然，说说看，你对她有什么不满？"

雅纯抓住机会，开始数落老师的不是，一说就说了半个小时。法师并没有因为忙碌而打断她的说话，而且还不断要求雅纯再举几个例子来说，直到她想不起来还有什么例子可以举证老师的过错时，法师就说："你讲完了，现在可以换我讲了吗？"雅纯点点头。

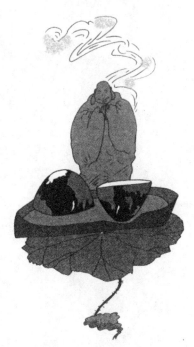

法师说："你的个性是属于黑白分明、疾恶如仇的。"雅纯满意地点头说："师父，您说的真准，我正是这样的人呢！"

法师又说："你知道，这世界是一半一半的世界。天一半，地一半；男一半，女一半；善一半，恶一半；清净一半，浊秽一半。很可惜，你拥有的是不完整的世界。"

雅纯听了之后，愣了半晌，问道："你为何说我拥有的是不完整的世界呢？"

法师说："因为你要求完美，只能接受完美的一半，不能接受残缺的一半，所以你拥有的是不完整的世界，毫无圆满可言。"

雅纯顿时好像失去了重心，不知所措，问道："那我该怎么办才好呢？"

法师慈悲地说道："学习包容不完美的世界，你就会拥有一个完整的世界了。"

智慧博客

世界上有与无、善与恶、美与丑总是相对存在的，对立的组合构成了完整的世界。如同夜晚璀璨的星空，没有黑夜的衬托又怎会有群星的闪耀。

他不是我

曹进东

宋朝时，两位日本僧人道元与明全结伴，渡海来中国留学。他们在天童山景德寺落脚，参禅修行，孜孜不倦地求悟禅法。

一个大热天的午饭后，道元前往延寿堂探望因病静养的明全。当他经过东廊来到佛殿之前时，看见一位老和尚，背驼如弓，须白如雪，一手撑着杖，一手将香菇一颗一颗地摆在地上。僧人们都知道，寺院里需要食用大量香菇，必须趁着暑天的烈日晒干，以便储存备用。

道元禅师认识这位老和尚，他是寺院里负责膳食炊事的"典座"。道元看到尽管骄阳当空，老和尚都没带斗笠，全身汗水淋淋地专心工作着，不由得停住了脚步。赤日炎炎，热浪逼人，连廊荫下的道元都受不了，何况酷日下的古稀老人呢？年轻的留学僧顿生怜悯之心，于是趋前探问：

"请问老师父今年贵庚？"

老和尚稍微直直腰，答道："老衲今年68岁。"

道元关切地说："老师父年岁已高，这种工作就让院里其他僧人来做吧。"

哪知典座头也不抬，严肃地回答："他不是我。"

"他"当然是指"他人"，而不是我，别人的体验代替不了自己的体验。道元和尚就在这一瞬间豁然开朗，他苦苦思索多年的禅法一下子明白了。

智慧博客

> 每个人的人生之路却需要自己一步一步走出来，在这一步一步之中饱含了自己的感悟。遇事不要总是依赖于他人，总有些事需要自己亲身体验方能解其中滋味。

谎中谎

蒋 平

上周末，两位老同学来到我蜗居的小城，因此，我原定的双休只好不休。不仅生活计划全部被打乱，还有几篇约稿无法交差。勉强熬过周六后，周日一早我便抛出一个加班的谎言，然后在一片"理解"声中溜之大吉。

忙完约稿赶过去吃午饭，老同学提出要去城郊，问我能不能找辆便车？这好办啊，我的铁哥们儿阿休就有一辆私家车，可电话一联系，一向足不出户的阿休去郊县度假了。我只好退而求其次，截住一辆的士，讲好价钱后，准备在下午重施故技，抽出身来与老婆看望病中的岳母。

偏偏这时，老同学不知使了什么法术，竟然请来了同城的班花。我不能扫大伙的兴，只好改变计划。不久，手机响起，看见老婆那个熟悉的号码，我的谎言一瞬间炮制出炉："不巧，省里来领导了，改下个礼拜吧！"旁边的"省领导"们窃笑不止。

周日就此玩儿完，看看已到晚餐时间，我们回到市里最有名的音乐茶座。刚

刚坐定，角落里就传来一个熟悉的声音："不巧啊，我还在郊县度假呢，有事明天再说吧，对不起兄弟啦！"我定神一看，打手机的不是阿休吗？

智慧博客

> 人生中充斥着无数的谎言，要记住，无论是善意的还是恶意的，是处于无奈还是有心为之，谎言就是欺骗，终有被揭穿的一天。不要使自己的人生迷失于虚假的欺骗之中。

百科探秘

通常情况下，蛇是不会主动攻击人的，但是一旦不小心碰到了它的身体，或者不小心踩上了它，它就会本能地进行反击，这样人就很可能中毒。

善良比聪明重要

蒋凤姣

　　和儿子一起听电台的辩论节目，双方唇枪舌剑，斗争激烈。我问儿子："如果是让你上去辩论，你愿意做正方还是反方？"儿子说："其实各有各的道理，在我们学校也有这样的辩论会。正方反方都是抽签的，抽到哪一方就得替哪一方辩论，观点不重要，重要的是会说，把对方驳倒你就赢了。"

　　我问他："那如果你抽到你反对的观点呢？你自己都不能说服自己，怎样去说服别人认同你的观点呢？"

　　儿子说："如果非要我选择跟自己观点不同的辩方，那我就不参加。比如我喜欢林俊杰，你偏要我喜欢周杰伦，我肯定受不了，我情愿不参加。"

　　我再问他："可是你刚才说了，这是一场比赛，目的就是要击败

对手，跟观点没关系。你弃权，表示你已经输了。"儿子问我："妈妈，那你是希望我做个聪明的人呢，还是做个善良的人？"儿子丢了个问题给我。

我陷入了思索中，是啊，如果你为之辩论的观点让你反感、不屑，你是颠倒黑白打倒对方证明自己有多聪明呢？还是坚持自己的原则，做个诚实善良的人？你是决定做个识时务的聪明人指鹿为马呢？还是做个坚持原则真诚善良的人独立在风口浪尖？也许成年人都难以明白的道理，孩子却清晰如明镜：人可以不聪明，但不可以不善良。

智 慧 博 客

聪明是重要的才智，而善良则是闪着珍珠光彩的重要财富，弥足珍贵。人可以为了善良而舍弃聪明，却不可为了聪明而舍弃珍珠般宝贵的善良。请不要用大人被社会熏染的心去污染孩子净透的心灵。

极端的考题

[日本] 山崎正一　田秀娟　编译

学期将结束，又到了期末考试的时间了。某大学的某某教授为了期末考试出题的事情烦恼得吃不下饭、睡不好觉。已经在大学教了30年书的某某教授年年都要面对这个问题，每次他都要绞尽脑汁地变着花样出题。30年下来，教科书中所有需要考察的内容都已经出遍了。因此，每到学期末出考题的时候，某某教授就一筹莫展。

近几年来，某某教授干脆把早些年已经出过的考题原原本本地搬到现在的试卷上。这样做虽然省事，可是学校教务处的人又有意见了。教务处的人婉转地对某某教授说："这样不利于学生的学习，还是请您改变一下考题吧。"

"哎呀，哎呀，真是头疼。本来嘛，来听我课的学生也没多少人！"某某教授愁眉不展地想。某某教授开设的课程是大学必修课程，所以每学期都有几百各学生选他的课。可是因为某某教授上课从来不点名，所以每次来上他课的学生只有几十人。只有到期末考试时，这几百名学生才会齐刷刷地出现在教室里。每次考试后，想到一个人要看几百个人的试卷，某某教授就头疼不已。但每次都出乎他的意料，每份考卷上的答案都大同小异，所

有人都在及格线以上。其实，大多数学生都是借的同一个人的课堂笔记，考试前熬夜突击上几天，总能混个及格。正因为如此，选某某教授课程的学生是越来越多。某某教授陷入了深深的思索中："一定要想个办法，不能再让学生们浑水摸鱼了。一定要让学生们明白，只有认真听课的学生才能得到学分。"

一年一度的期末考试到了。平日里总是空空荡荡的阶梯教室这天挤满了参加考试的学生们。教务处的工作人员忙碌地发放着试卷。按照某大学的惯例，考试时任课老师不出现在考场。某某教授精心准备的试卷被发放到了每位学生的手中。刹那间，原本有些嘈杂的考场变得鸦雀无声，很多学生脸上露出了吃惊的神色，口中倒吸了一口凉气。

某某教授精心准备的考题是：请问担任这门课程的老师是下面哪个人？请从下面四个答案中作出选择。这行字的下面，画了四张男性的脸。

智慧博客

考试常常让师生都绞尽脑汁、苦不堪言，一个为题目，一个则为答案。其实，考试的目的在于督促学生学习，获得知识才是教育的最终目的，因此，请不要为了考试而学习，误了自己的前程。

百科探秘

眼镜蛇杀死猎物依靠的是神经性毒液，这种毒液可以在短时间内阻断神经肌肉的传导，从而使猎物因为肌肉麻痹而致命。

一杯水的转机

鲁小莫

　　大学毕业第一年，我随男友来到一座滨海城市。这座城市秀美宜人，我喜欢得很。唯一感觉头痛的是这里的方言很难懂。我适应了很久，却常常是，人家叽哩呱啦说半天，我一句话也听不懂。

　　我很快找到一份工作。在一家房地产公司做文员。这家公司的职员90%以上都是大学生。多数时间，大家用普通话交流，彼此相处融洽。而这家公司的老总，是一个地地道道的本地人。他说话嗓门高亢，一口浓重的方言。好在他经常不在公司，下达的指示，也多由办公室主任传达。尽管如此，我还是有了与他正面接触的机会。

　　那次，公司要与新疆一家集团公司进行谈判。几年前，这家集团公司在当地购买了几百亩土地，现打算出手转让。我公司有意购买。谈判在公司偌大的会议室进行。

　　谈判的过程并不顺利。我坐在会议室旁边的办公室，不时听到会议室里争执的声音传出来。这家公司以前与我们有过合作，但双方合作得并不愉快。看来这一次也不例外，会议室里的争执时时有白热化倾向。

　　两三个小时过去了，谈判还没有结束。我兀自犹豫着：是不是该进去续一下茶水了？当争执的声音似乎低下来时，我轻轻推开门，走进去。

　　此时的会议室，哑无声息。谈判双方紧绷着脸，缄口不言。我不

知道，谈判正处于崩裂状态。对方人员刚才在情急中，口不择言地指出我公司以前的种种不是。我公司的老总，此时正怒火中烧。

我给大家续茶水。来者是客，当然先为对方人员续水。刚端起第一个茶杯，我听见老总响亮地说了一句话。他说的是："不必为他们倒水，你出去！"

可是我听不懂他的方言。

我转过头，疑惑地看着他。他面色威严，目视前方。

我脑子里迅速旋转一下：他在跟谁说话？跟我？还是跟别人？不会跟我吧！我继续倒水，并轻轻地说："请喝水。"

我拿起第二个茶杯的时候，听见老总又响亮地说了一句话，跟刚才一个腔调。并且，我感觉到，所有人将视线"刷"地一下集中在我身上。我迅速地扫视一下自己，衣着端庄，没有什么不妥。

我准备端起第三个茶杯的时候，对方公司的一名人员，愣愣地看着我，憋不住似的，"扑哧"一声笑开来。紧接着，整个会议室里，哄然大笑。

没有人能够明白，为什么这样一个不谙世事的小妮子，竟然敢在这么正规的场合，公然挑战老总的威严与命令，还一脸的微笑与无辜。

在众人的哄笑中，我虽搞不清症结所在，却早已满面通红。我扭头看老总。他也看我，脸上的肌肉抽搐两下，终于忍不住，也咧开嘴笑了。

会议室的气氛一下子活跃起来。

我坚持给大家倒完水。有人轻轻起身，对我点点头，说："谢谢。"

那天的谈判大获成功。我公司以低价购进土地，对方公司一次性回笼大量资金。让人意想不到的是，半年后，房地产形势更为乐观，房价直线上涨。那次成功的谈判，直接为公司带来经济利润上千万元。

而使得谈判成功的，不过是一杯茶水带来的转机。

智慧博客

> 当你身处绝境时请不要轻言放弃，不经痛苦怎能领会到欢愉，一滴水中往往也蕴含转机，只有坚持执著地努力，才能等来转机的出现，拯救自己。

破 残

赵盛基

　　朋友不善言辞，私下里却酷爱篆刻艺术，很多篆刻作品都曾见诸报刊。

　　一次我去他家串门，无意间说起了近日遭遇的一些丑陋的事情。他看着我愤愤不平的样子，并没安慰我，而是建议道："学学篆刻吧，或许能磨炼你的心性。"

　　说完，就从他那一抽屉的章料中挑了几块低档的给我，还送我一套刻刀，然后教了我一些基本的刀法和技法。

　　回到家，我开始按部就班地操作。我先把章料的端面磨平，把要刻的字用毛笔写在纸上，然后再拓在章料上。一切就绪后，我开始下

刀。我小心翼翼地，生怕刻坏了没法补救，但还是总出差错。只要刻坏了，我就重新磨平，从头再来。怪不得朋友说能磨炼心性呢，没点耐心和韧性是很难做好的。

　　后来的日子，我遇到问题就去向朋友请教。线条、布局、结构等等，每

次他都能给找很多启发。时间长了，我渐渐摸出了门道，直到终于感觉像那么回事了，就拿着一方我最满意的去让朋友看。

朋友看后竟连夸不错，随即蘸上印泥揿印在纸上。端详了一会儿，他又拿起刻刀，用刀柄在章上敲击，在边框处敲出了一些残缺。

我说："你这是干什么?"他说这叫"破残"。紧接着，他又重蘸印泥揿印在纸上。

前后两方印，他让我比较。我仔细端详，的确，破残前，虽然看着完美，但是显得呆板。破残后，虽然看似有些缺陷，但却灵动了起来，并不乏美感。朋友叹道："尽管多了些残缺，可依然那么美。"

智慧博客

没有缺陷的美死气呆板，包容缺陷的美才更显灵动。正如百花绽放，如果没有绿叶的衬托，只会使人眼花缭乱、心绪烦燥，而正是那灵动的绿叶，才更显了色彩的绚丽和百花的娇艳。

最后那一刻,你会抢救什么

张丽钧

"在紧要的关头,你首先选择抢救的是什么呢?"

这个问题,是媒体拿来询问美国加州山林大火灾民的。一个不满 10 岁的小男孩抢救出的是自己的游戏机,这是他曾经苦苦等待的礼物;一名华裔男子抢救出的是家族的历史档案,在他心目中,这是不能丢弃的家庭财富;这位男子的儿子,仅仅抢救出了一个枕头,因为这是陪伴他进入梦乡的忠实伙伴;有位妇女随身带上了儿子的照片;一位先生救出的是自己的宠物猫……

我想起中国嘉鱼大水灾中的一个老农民。洪水到来的时候,他毅然选择救出他家的猪!他历尽千辛万苦,终于将那头猪带到了安全地带。他为自己和猪一道脱离了险境而无比骄傲和自豪。

一个枕头,一头猪,怎么就可以成为跟我们高贵的生命相提并论的东西呢?但事实就是如此。

我们每天苦苦追索的东西,我们为之煎骨熬血的东

西，我们以为自己离了它就活不成的东西，在那一瞬间突然灰飞烟灭，我们累赘的爱，浓缩为一个点，我们要让这一个点牵引着自己，走到福地……

 智慧博客

　　人生的骈枝上挂满了繁赘的爱，拖住了人走向幸福的步伐，在人生的前行中，要学会随时整理这些繁赘的爱，将它们浓缩凝聚为一颗明亮的宝珠，减轻自己肩上的负担，才能展翅飞向幸福的天堂。

 百科探秘

　　眼睛王蛇通常生活在海拔 1800 米～2000 米的山林边缘接近水源的地方，大都分布在印度经东南亚至菲律宾和印度尼西亚一带。它体型很大，最长的有 6 米，其黑、褐色的底色上夹杂着白色条纹，它的腹部是黄白色。幼蛇呈黑色，并有黄白色的底纹，是世界上最大的前沟牙类毒蛇。

糊涂一点，潇洒一点

季羡林

最近一个时期，经常听到人们的劝告：要糊涂一点，要潇洒一点。

关于第一点糊涂问题，我最近写过一篇短文《难得糊涂》。在这里，我把糊涂分为两种：一个叫真糊涂，一个叫假糊涂。普天之下，绝大多数的人，争名于朝，争利于市。尝到一点小甜头，便喜不自胜，手舞足蹈，心花怒放，忘乎所以。碰到一个小钉子，便忧思焚心，眉头紧皱，前途暗淡，哀叹不已。这种人滔滔者天下皆是也。他们是真糊涂，但并不自觉。他们是幸福的，愉快的，愿老天爷再向他们降福。

至于假糊涂或装糊涂，则以郑板桥的"难得糊涂"最为典型。郑板桥一流的人物是一点也不糊涂的。但是现实的情况又迫使他们非假糊涂或装糊涂不行。他们是痛苦的。我祈祷老天爷赐给他们一点真糊涂。

谈到潇洒一点的问题，首先必须对这个词儿进行一点解释。这个词儿圆融无碍，谁一看就懂，再一追问就糊涂。给这样一个词儿下定义，是超出我的能力的。还是查一下词典好。《现代汉语词典》的解释是："（神情、举止、风貌等）自然大方、有韵致，不拘束。"看了这个解释，我吓了一跳。什么"神情"，什么"风貌"，又是什么

"韵致"，全是些抽象的东西，让人无法把握。这怎么能同我平常理解和使用的"潇洒"挂上钩呢？我是主张模糊语言的，现在就让"潇洒"这个词儿模糊一下吧。我想到中国六朝时代一些当时名士的举动，特别是《世说新语》等书所记载的，比如刘伶的"死便埋我"，什么雪夜访戴，等等，应该算是"潇洒"吧。可我立刻又想到，这些名士，表面上潇洒，实际上心中如焚，时时刻刻担心自己的脑袋。有的还终于逃不过去，嵇康就是一个著名的例子。

写到这里，我的思维活动又逼迫我把"潇洒"，也像糊涂一样，分为两类：一真一假。六朝人的潇洒是装出来的，因而是假的。

这些事情已经"俱往矣"，不大容易了解清楚。我举一个现代的例子。20世纪30年代，我在清华读书的时候，一位教授（姑隐其名）总想充当一下名士，潇洒一番。冬天，他穿上锦缎棉袍，下面穿的是锦缎棉裤，用两条彩色丝带把棉裤紧紧地系在腿的下部。头上头发也故意不梳得油光发亮。他就这样飘飘然走进课堂，顾影自怜，大概十分满意。在学生们眼中，他这种矫揉造作的潇洒，却是丑态可掬，辜负了他一番苦心。

同这位教授唱对台戏的——当然不是有意的——是俞平伯先生。有一天，平伯先生把脑袋剃了个精光，高视阔步，昂然从城内的住处出来，走进了清华园。园中几千人中这是唯一的一个精光的脑袋，见者无不骇怪，指指点

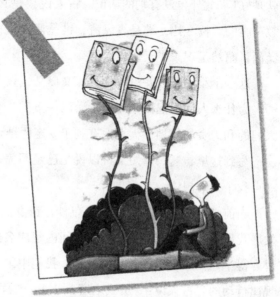

点，窃窃私议，而平伯先生则全然置之不理，照样登上讲台，高声朗诵宋代名词，摇头晃脑，怡然自得。朗诵完了，连声高呼："好！好！就是好！"此外再没有别的话说。古人说"是真名士自风流。"同那位教英文的教授一比，谁是真风流，谁是假风流；谁是真潇洒，谁是假潇洒，昭然呈现于光天化日之下。

这一个小例子，并没有什么深文奥义，只不过是想辨真伪而已。

为什么人们提倡糊涂一点，潇洒一点呢？我个人觉得，这能提高人们的和为贵的精神，大大地有利于安定团结。

写到这里，这一篇短文可以说是已经写完了。但是，我还想加上一点我个人的想法。

当前，我国举国上下，争分夺秒，奋发图强，巩固我们的政治，发展我们的经济，期能在预期的时间内建成名副其实的小康社会。哪里容得半点糊涂、半点潇洒！但是，我们中国人一向是按照辩证法的规律行动的。古人说："文武之道，一张一弛。"有张无弛不行，有弛

无张也不行。张弛结合，斯乃正道。提倡糊涂一点，潇洒一点，正是为了达到这个目的。

智慧博客 💕

　　生活中的多姿多彩有时令我们眼花缭乱，有时令人们沉迷于名利、物质的追求，为之支配、异化而不自知，真正的智者苦于社会的现实，当为无力改变现状而苦闷时，不妨多一点糊涂和潇洒，以驱逐前路弥漫的尘雾。

百科探秘

　　在世界各地的文化中，蛇都扮演着特殊的角色。它既有邪恶的一面，又具有神圣的一面，在一些地区受到民族性崇拜。世界上还有不少具有代表性的蛇形图腾。

给予与收受

一　鸣

智者收了众多门徒，毕业前夕，他想留住一位跟在身边传承衣钵，便公开宣布，他将一视同仁，让所有门徒参加考核。

考核的题目很简单：每人做一次长途旅行。想传承他衣钵的人，一年后再回到他身边讲述旅行心得，接受考核。

从学多年，能传承智者的衣钵，在当时是每位门徒的理想。听后，门徒们个个摩拳擦掌、跃跃欲试。这让智者甚感欣慰。

门徒一一离开，智者满怀希望地等待他们陆续归来。

一年时间很快过去了，结果却让智者大失所望：众多门徒，竟没有一位回归门下。

一气之下，智者决定关门闭学，打算后半生不再开堂授徒，并跑

到好友白隐禅师那儿大吐苦水。

白隐禅师闻听，微微一笑，把智者带到一棵树下，问道："你还记得这棵树吗？"

智者双手合十，毕恭毕敬向树深深鞠了三个躬，然后回答说："怎么能忘记？我落难之时，全靠它替我遮阳蔽日、挡风遮雨，它已经长在我心底了。"

"对啊，在每位门徒心中，你就是这样一棵树，他们都是在你身上栖息过的鸟。他们虽然没飞回来，但你已长在他们心里了。"

智者闻听，大悟。不久，重新开堂设馆，广收天下门徒。

智慧博客

给予并不一定能得到回报，为师者所做的是将知识与快乐广泛传播，如长在心中的大树，对受益者来说虽不能时刻环绕，却是心中无限的依靠和寄托。

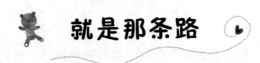

就是那条路

李 萌 译

一个人在路上碰到一位宗师，于是问他："哪条路是成功之路？"这位宗师一言不发，只是用手指向远处。

成功竟可如此快捷？这个人异常兴奋地朝那个方向奔去。突然，传来"噼啪"一声巨响。这个人一瘸一拐地折回来，衣衫褴褛，晕乎乎地以为自己误解了宗师的意思。于是，他又向宗师问同样的问题，而宗师依然默默地指向了同一个方向。

他又一次唯唯诺诺地离开。这次的"噼啪"声震耳欲聋。当他爬

回来时，已是遍体鳞伤，衣服破烂不堪，而且怒气冲冲。"我问你哪条路通往成功？"他对着宗师歇斯底里，"我顺着你指的方向走，可每次都是被击倒！不要再指指点点了！你说话呀！"

这时，宗师终于开口了，他说："成功之路就是那条，不过是在'噼啪'声之后再往前一点点。"

智 慧 博 客

成功的路上密布了荆棘和陷阱，困难和障碍总是拦住了前行的路，而这些障碍则是磨炼自己的最佳方式，不经历困苦的磨难怎能成熟，所以，跌倒时要勇于站起，困苦时更要坚持，因为，磨难之后就是成功的圣殿。

百科探秘

美国短吻鳄是大型短吻鳄品种，又被称为密河鳄。该鳄鱼长可达5米，主要分布于美国东南部地区，常栖息在淡水湿地。其嘴部宽阔，口鼻部较尖细，有强健的尾巴，既可以用来防卫，又可以用来游泳，与中国的扬子鳄有亲缘关系。

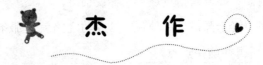

杰 作

[美] 葛爱丽

　　贺库塞是日本古代著名画家，他的作品极受皇族的喜爱。有一天，一位贵族请他为一只珍贵的鸟作画。贺库塞把鸟留下来，请贵族过一个礼拜再回来。贵族很想念他那美丽的鸟，一个礼拜之后，他迫不及待地来到画室，要取回他的宠物和他的画。但是，当贵族到达的时候，画家谦卑地要求再延迟两个礼拜。两个礼拜延长到两个月，接着，变成了6个月。

　　一年之后，贵族气呼呼地冲进贺库塞的画室。他拒绝继续再等下去，要求立刻取回他的鸟和画。贺库塞向贵族鞠躬之后，便转向他作画的桌子，拿起一支画笔和一大张宣纸，当场挥毫泼墨。几分钟之内，他就轻而易举地画了一只栩栩如生的鸟。贵族看得目瞪口呆，但他立刻就生气了："如果你能够这样不费工夫，用这么短的时间就能画好，为什么让我等了一年呢？"

　　"这你就不懂了，"贺库塞领着贵族走进一个房间，在那儿，四壁贴满

了同一只鸟的画。然而，没有一张能与最后这幅杰作媲美……

世上绝没有速成的杰作。

智慧博客

> 暗香流对，清美绝伦的昙花并不是生来就绽放身姿的，而是在一颗种子时就吸取土壤的养分，在成长中积攒雨露与阳光，才终能开出动人心魄的绝美之花。同样，绝世的经典也不是一朝铸就的，而是成功于无数次的刻画之上。

百科探秘

鳄鱼除少数生活在温带地区外，大多生活在热带、亚热带地区的河流中，湖泊、多水的沼泽，以及靠近海岸的浅滩都是它们的栖息地。

心静如竹

布惊云

南山寺中，僧徒众多，其中有一个和尚年纪最小，资质也属他最差。小和尚终日苦思如何改变自己，却不知该怎样去做，心情愈加愁苦。

一日，小和尚终于鼓足勇气，到师父的禅房，向师父道出心中的疑惑。师父并没有回答他，而是领着他来到寺中后山的竹林。

师父缓缓地对小和尚说："你看这些竹子和地上的蕨草，皆由为师几年前栽种。刚开始种下它们时，蕨草很快便长得葱郁茂盛，而竹子却毫无生息。一年又一年，年年如此，但我始终坚持浇水、施肥。"

看小和尚疑惑不解，师父又继续讲道："直到第五年，竹子才拱出了嫩芽，弱不禁风。但只过了 6 个月，它们便长到齐人高了。竹子用 5 年的时间来扎根，才有了今日的苍翠。人亦如竹，你只有心静如

竹，定性扎根，方可有所造化。"

小和尚如醍醐灌顶，顿悟了师父的教诲。

 智慧博客

大厦的巍然屹立，是起于平地之上，由一砖一瓦的累筑而成。攀登成功的山峰，亦需要一步一步而行，只要坚持不懈，步步前行，终能站在成功的山顶一览积翠如晕的山色。

 百科探秘

蛇毒并非是蛇在生存的逼迫下产生的，而是大自然神秘莫测地在其身体内调制而成的物质，蛇毒一般分为血液循环毒素、神经毒素、混合毒素三类。

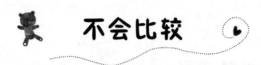

不会比较

尹玉生

有一个武士，他非常出色而且颇具威名，因为技高，所以他非常高傲。有一天，他遇到一位禅宗大师，当他看到大师俊朗的外形，优雅的举止，他突然间感到自卑起来。

于是，他对大师说道："为什么我会感到自卑？仅仅在一分钟前，我还是好好的。但我刚跨进你的院子，便突然自卑起来。以前，我从没有过这种感觉。我曾经无数次面对死亡，但从没有感到恐惧，为什么现在感到有些惊恐了呢？"

大师对他说道："你耐心地等一下，等这里所有的人都离开后，我会告诉你答案。"

一整天，前来拜访大师的人始终络绎不绝，武士等得心急如焚。直到晚上，房间里才空寂起来。武士急切地说道："现在，你可以回答我了吧？"

大师说："到外面来吧。"

这是一个满月的夜晚，刚刚冲出地平线的月亮洒下皎洁的光辉，大师说道："看看这些树，这棵树高入云端，而它旁

边的这棵，还不及它的一半高，它们在我的窗户外面已经存在好多年了，从没有发生过什么问题。这棵小树也从没有对大树说：'为什么在你面前我总感到自卑？'一个这么高，一个这么矮，为什么我却从未听到抱怨呢？"

武士说道："因为它们不会比较。"大师回答道："你已经知道答案了。"

 智慧博客

没有比较的人总是安于现状，在没有方向的大海中茫然航行，只有懂得比较，而且适当地进行比较，才能发现自己的不足和缺陷，才能在大海中有明确的方向，破浪前行，到达理想的目的地。

百科探秘

蛇类的毒牙有的是空心的，有的带有沟槽，这样的构造使其毒液的注射过程更加有效。但有些种类的蛇只有位于后方的牙齿里才含有可输送毒素的管道。

时下流行"绕口令"

蒋子龙

谁都清楚现在的"粉丝"不是食品，"钢丝"不是建筑材料，"炒作"不局限于厨房，"韩流"更是与冷空气无关……语言已经发展到和词典没有多少关系，进入一个类似猜谜和绕口令的时代。

比如："一技以博，一机以造，一寂以收，一击以得。"谁能弄得懂这是什么话？据说是最新发明的致富的四个步骤。但最难懂的，还是有关部门于去年公布的一些新词汇，明明是中国话，却有90%让中国人看不懂，剩下的10%也只能大概猜测其意，不妨随手抄几个出来看看："白奴、白托、白银书；法商、废统、奔奔族；禁电、国六条、国十条、暖巢管家；三失、三手病、三限房、巫毒娃娃……"

有些话乍看绕口，知道了诀窍便不觉得绕了。比如："爸爸！唉！中石油今天又跌了吗？是啊！咱家的钱到底哪去了？套了！我怎么割

也割不了它？套得牢啊……"如果将这番话配上《吉祥三宝》的曲谱唱出来，就会很顺了。

另有一些话说快了觉得绕，说慢了就不绕，如：管理票据"票证办"，预防艾滋"防艾办"，消灭野狗"打狗

办"，济贫助困"扶贫办"，下雨涨水"防洪办"。天不下雨"抗旱办"，对付坏人"治安办"，捐赠助人"爱心办"，检查落实"督察办"……

近年绕口令的极品，是媒体公开发表的启功先生在66岁时为自己写的《墓志铭》："中学生，副教授。博不精，专不透。名虽扬，实不够。高不成，低不就。瘫趋左，派曾右。面微圆，皮欠厚。妻已亡，并无后。丧犹新，病照旧。六十六，非不寿。八宝山，渐相凑。计平生，谥一陋。身与名，一起臭。"大智大慧，大明大白，诙谐且富深意，足可传世。

 智慧博客

时下，漫天而来的时髦用语纷乱了人们的视线，扰乱了人们的思考，但是，在这众多纷纭的繁杂中总有一片净土，以其蕴含的智慧和深意，教化人们的心灵。

打满补丁的外套

奇奇

村子里住着一个怪老头，每天他都穿着一件打满补丁的外套四处游荡，每一处补丁都有着不同的颜色，看上去艳丽夺目。

一名旅行者经过村子，对这个特立独行的老头非常好奇，于是停下来问他："为什么你要穿这么一件怪衣服出来？这有什么特别的含义吗？"怪老头答道："衣服上的每一种颜色都代表乡亲们的一个错误，我不想让他们忘记自己曾犯下的过失。"

旅行者接着问道："那你腋窝下的白色补丁又代表什么呢？"老人很不情愿地答道："这是我自己的错误。我把它放在我看不见的地方。"

智慧博客

人们总是将别人的错误视如拦路巨石紧抓不放，却将自己的错误蔑如石子藏匿不见。要学会宽以待人，严以律己，用宽广的胸怀包容他人的错误，更要用公正的心正视自己的错误。

卖茶叶蛋的老太太

吴汉玲

20 世纪 90 年代，中国的股市刚起步时，在上海某证券公司的门口，有一位卖茶叶蛋的老太太。她每天煮上一大锅茶叶蛋，到下午股市收盘时就卖完了，生意非常红火。老太太对股票一窍不通，也听不懂什么"K 线图"之类的技术术语。但老太太在耳濡目染中明白了两个道理：一个是炒股票能赚大钱，另一个是炒股票的诀窍是"便宜时买，贵时卖"。

有时，老太太把茶叶蛋卖完后，也跑到营业大厅里去凑个热闹，瞧瞧那些红红绿绿的大屏幕。过了一段时间，股市走熊，证券公司门可罗雀，老太太的茶叶蛋生意也跟着一落千丈。老太太闲着没事，也瞅着大屏幕打发日子。她突然发现，这时的股票特别便宜，有的股票比她的茶叶蛋贵不了多少。于是，老太太回家把压在箱底的钱统统拿出来，全买了股票。一晃又是两年过去了，股市又开始走牛。证券公司又像集贸市场一样热闹起来，这时，老太太发现她买的股票已经翻了一个跟头。于是，她赶紧把股票卖了。

老太太依然不懂股票，她也不想弄懂股票了。但她知道：没人买股票时，就可以买股票了，因为，这时的股票最便宜；大家都来买股票时，就可以卖股票了，因为，这时的股票最贵。

炒股，一门极其深奥的学问，在老太太的眼里却演化成这么简单的公式。这让我想起一个道理：真理往往是用最简单的形式来展示自己。

智慧博客

真理女神不像美艳女神，她的身边往往没有精美的华服、闪耀的珠宝，而是常常以最简单自然的形象出现在人们面前，这时，你需要有一双摆脱万千浮华，捕捉真理的眼睛，才能发现真理女神的存在，拥抱她。

百科探秘

有毒的蛇头部多为三角形，体内含有毒腺，可分泌毒液。当毒蛇攻击猎物时，毒液从毒牙流出使对方中毒。

最佳状态

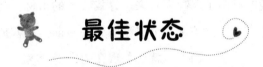

于 丹

鲁国木匠梓庆削木做悬挂钟鼓的架子两侧的柱子，上面雕饰着猛兽。他做成的柱子，看见的人都惊讶不已，以为是鬼斧神工。

鲁侯召见梓庆，问他其中的奥秘。梓庆对鲁侯说：我准备做这个的时候，不敢损耗自己丝毫的力气，而要用心去斋戒。斋戒的目的，是为了"静心"。

斋戒到第三天的时候，我就可以忘记"庆赏爵禄"了。

斋戒到第五天的时候，我就可以忘记"非誉巧拙"了，也就是说，大家说我做得好也罢，做得不好也罢，我都已经不在乎了，也就是彻底忘记名声了。

到第七天的时候，达到忘我之境，我就可以忘记是在为朝廷做事了。大家知道，为朝廷做事心有惴惴，有杂念就做不好了。

这时，我就进山了。静下心来，寻找我要的木材，观察树木的质地，看到形态合适的，仿佛一个成型的就在眼前。我就把这个最合适的木材砍回来，顺手一加工，就成了现在的样子。

木匠斋戒七天，其实是穿越了三个阶段：忘记利益，不再想着用我的事情去博取世间的大利；忘记荣誉，不再想着大家的是非毁誉对我们有多么重要；忘记自己，只有达到忘我之境才可以做得更好。

智慧博客

要想取得惊撼世界的成功只有努力和技能是不够的，要学会脱离物欲的海洋，摆脱他人言论的迷雾，抽身于欲念的泥淖，以一颗平静的心去对待自己的事业，才能收获震撼世人的辉煌。

空盒子的智慧

陈亦权

　　明朝宣德年间，御史李浚奉皇命来到浙江钱塘县督理粮储事宜，然而，当时的钱塘知县对李浚并不买账，表面上恭恭敬敬，内心里却一直想要设计害他。

　　一次，知县寻找到了一个机会，将自己的一个心腹送到李浚的身边做侍仆。因为李浚毫无"防人之心"，所以这个心腹很快得到了他的信任，并找到机会偷走了他的御史官印。当李浚办公要用印的时候，这才发现印盒里已经空了。李浚左思右想之后，从一些蛛丝马迹中判断出来这是知县干的。

　　李浚的部下知道后，便想带兵去知县家搜查。李浚阻止了，因为

光是心里知道没用，他们根本没有证据。若是兴师动众地去搜查，很可能会使对方在慌乱中扔掉"罪证"，那样李浚不仅无法取回官印，而且还会将自己逼向死胡同，因为丢官印可是一件罪责很重的失职事件。为了不让别人看出来自己丢失了官印，李浚只能装作生病停止处理公事。

就这样过了几天后，李浚终于想出了一个办法，能让知县主动把官印送回来，但前提是必须给他搭一个台阶。主意拿定后的当天晚上，李浚装作大病初愈，精神焕发地把知县邀请到家里来喝酒庆贺。两人正喝着酒，突然间李浚家的厨房着了火，李浚连忙从卧室里取出一个印盒交到知县的手上，说："代我保管一晚，明早将其送回，此刻我先扑火要紧！"说完不容知县有什么推辞的机会，就直接跑开救火去了。

厨房的火其实是李浚自己提早就安排好家仆放的，火势当然也不会烧得很大，不一会儿就被扑灭了。然而，知县可就不一样了，他捧着空盒子回到家，苦恼不已。如果原样送回，那就意味着他把御史大印给弄丢了，那可是事关全家祸福的大罪！左思右想之下，知县只能把自己命人从李浚身边偷来的官印重新放回到盒子里。第二天他早早

地把印盒送回到李浚家。李浚接过盒子后当场打开"检验",里面的大印赫然在目!此时,两人都心知肚明而又心照不宣地笑了,只不过一个是笑得坦然大度,另一个却笑得羞愧难当!

 智慧博客

　　见招拆招可渭是对付小人的妙计,而拥有过人的胆识却并非人人可以做到。李浚的高妙之处在于对自己智慧的"自信",也在于对对方无可奈何的"自信"。以此,他才巧妙地化解了一场危机。

百科探秘

　　在希腊神话中有很多关于蛇的故事。如宙斯的情妇拉米亚是一头半人半蛇的妖怪;大力士海格力斯曾杀死了沼泽里的九头蛇;此外还有著名的蛇发女妖美杜莎等,这些都是以蛇为原型的妖怪形象,而关于他们的故事同时也蕴涵了美的悲剧与丑恶的形象。

丁谓：走一步看三步

林 川

丁谓是北宋人，一生为赵家打工，服务于太宗、真宗和仁宗三代领导核心，是当之无愧的三朝元老。早年，丁谓做过工部员外郎，相当于建设部副部长，主抓全国基础设施建设。

盖皇宫：一举而三役济

1015年，皇城失火，皇宫烧得面目全非。宋真宗钦点丁谓担任重修宫殿的工程总指挥。要说，这个活不难干。打开国库，搬出金银可劲儿花就是了。可要是统筹规划地干，用最少的钱费最少的力气，把皇宫多快好省地盖起来，就不那么容易了。

摆在丁谓面前的难题主要有两个：建材问题，运输问题。试想，修建皇宫这样浩大的工程，单凭牛马的脊背、劳工的肩膀运送建材，那要费多大的劲。

作为项目负责人，丁谓经过深思熟虑之后，命人在皇宫前开挖沟渠，把京城附近的汴河水引入渠中，随即以小船、竹筏把木料、石块径直送到工地一线。开渠挖出的土也不用运走，就地留下用来烧砖。等工程基本完工，把渠水排净，将灰土瓦砾等工程废料填进沟里，覆上土压实，又是一条光亮平整的大街。

简单来说，丁谓采取了挖沟取土烧砖——引水入沟保证运输——填沟处理垃圾的方案，顺顺当当地解决了取土烧砖、材料运输、清理废墟这三个工程中最难解决的问题。既节省了时间和费用，又使整个工程井然有序。对此，宋朝大科学家沈括在《梦溪笔谈》中不吝赞美之词，赞扬丁谓英明神武，"一举而三役济，计省费以亿万计"，为国为民省下了大笔银子。丁谓的高明由此可见一斑。

买房子：把"冰柜街"变成黄金地带

到了仁宗在位时，丁大人买了一套房子，起初却被同僚认为聪明一世糊涂一时。因为无论地段还是地势，这套房子都不怎么样，单从其所处的冰柜街这个名字，就能体会到地段之冷僻，地势之低洼。

大家都知道，无论哪朝哪代，无论房地产有多少泡沫，无论退潮之后有多少人在海滩上裸泳，地段永远是支撑房价稳如泰山的不二基石。然而丁谓却反其道而行之，选择了在这样的地段置业安家，着实让人大跌眼镜。难道他老丁又有什么高招，能负负得正、差差成优？

想搞明白此中原委，可以翻一翻披露了不少北宋高层内幕的《东轩笔录》，它的作者魏泰很有娱记潜质，嘴勤手也勤，因与政界上层过从甚密，从而掌握了不少秘闻。老魏白天打探消息，晚上秉烛疾书，把这些珍闻一一记录在案，给我们后人留下了极为宝贵的第一手资料。据《东轩笔录》记载，丁谓在买房之后，当即着手布置市政建设。

第一步，在会灵观修建一个蓄水池，不论是打着安全第一、未雨绸缪的旗号用于储备消防用水，还是美化景观，这项人工造湖工程名正言顺。挖出来的土不浪费，直接运到老丁自己家，垫在地面上，"取弃土以实其基，遂高爽"，解决了地势低洼的问题。第二步，上奏皇帝，在自家门前拓宽马路，并在附近修了一座桥。关于为什么修路修桥，书中没有说清楚，想来凭着丁谓的智慧，这个理由一定堂而皇之，容不得别人质疑反对。

丁谓的两步走策略十分有效，自家门口很快变成了守着交通要道的黄金地段，史称"宅居要会矣"。如此一来，出门方便不说，房价那可是腾腾地上涨。

在宋真宗在位时，丁谓不过四十多岁，即便是修建宫殿时，也刚刚49岁。到了仁宗朝，他已经迈入花甲之年。丁谓早年是尽职尽责的，晚年是假公济私的。这种由晚节不保带来的房产增值，怎么看怎么充满了遗憾。

智慧博客

丁谓的建筑计划能够做到低成本、高效率，与他动工前的深思熟虑是密不可分的。做事时不要急于求成，开动脑筋、仔细思考，这样往往能够得到事半功倍的效果。

图书在版编目（CIP）数据

给你的成长加点智慧／崔钟雷主编 . —长春：吉
林美术出版社，2011.3
（小学生成长加油站）
ISBN 978 - 7 - 5386 - 5067 - 9

Ⅰ . ①给… Ⅱ . ①崔… Ⅲ . ①故事 – 作品集 – 世界
Ⅳ . ①I14

中国版本图书馆 CIP 数据核字（2011）第 035494 号

书　　　名：给你的成长加点智慧

策　　划	钟　雷	
主　　编	崔钟雷	
副 主 编	刘亚男　　刘璐妮	
出 版 人	石志刚	
责任编辑	栾　云	
开　　本	787mm×1092mm　1/16	
字　　数	120 千字	
印　　张	15	
版　　次	2012 年 1 月第 2 版	
印　　次	2016 年 7 月第 3 次印刷	

出　　版	吉林出版集团
	吉林美术出版社
发　　行	吉林美术出版社图书经理部
地　　址	长春市人民大街 4646 号
	邮编：130021
电　　话	图书经理部：0431 - 86037896
网　　址	www.jlmspress.com
印　　刷	北京海德伟业印务有限公司

ISBN 978 - 7 - 5386 - 5067 - 9　　　定价：29.80 元

敬　启

　　本书的编选参阅了一些报刊和著作，由于多种原因我们未能与部分入选文章作者（或译者）取得联系，在此深表歉意。敬请原作者（或译者）见到本书后，及时与我们联系，我们将按国家有关规定支付稿酬并赠送样书。

联系方式

公司名称：黑龙江省同源文化发展有限公司

地　　址：黑龙江省哈尔滨市香坊区汉水路 110 号

邮　　编：150090

联 系 人：吴　晶

电　　话：0451－55174988

编委会